마리안느의
마지막 멤버

마리안느의
마지막 멤버

서진 장편소설

창비

차례

1부

우주 소녀 **상상 속에서만 진짜가 된다**

1

마리안느가 사라졌다. 그것도 크리스마스 다음 날에. 시디, 포스터, 티셔츠, 포토 카드까지 모두. 벽장의 커다란 박스 속에 담아 두었는데 감쪽같이 사라져 버렸다. 박스가 어둠을 먹고 꾸역꾸역 자라나 제 발로 나갔을 리도 없을 텐데.

학원에서 돌아와 너덜너덜해진 몸으로 방에 들어설 때부터 낯선 기분이 들었다. 내 방이긴 한데, 아닌 것 같다고 할까. 이불과 베개도 단정하고 바닥에 흐트러진 옷도 없었다. 그렇게 깨끗할 리가 없는데.

"엄마!"

소리를 지르며 방문을 여니, 엄마는 꼼짝 않고 텔레비전을 보고 있었다. 커다란 화면에는 눈물이 글썽한 여자 주인공이 클로즈업 되었다. 나도 눈물이 터져 나왔다. 엄마는 돌아보지도 않은 채 말했다.

"그따위 아이돌에 빠져 있을 시간에 공부를 했다면 성적이 이렇게 엉망이지 않겠지. 며칠 후면 새해니까 대청소 좀 했다. 올해 성적은 깨끗이 잊고 새 출발을 하자. 고등학교 첫해를 고작 이런 식으로 마감해? 너, 중학교 땐 이러지 않았잖아. 반에서 일 등까지 했던 애가 왜 그래? 정신 좀 차려! 너는 공부만 하면 되잖아. 엄마가 학교 다닐 적엔 집안일도 도와줘야 했다고!"

엄마는 새 아파트에 이사 온 이후로 점점 더 이상해지고 있다. 아니, 점점 더 평범해지고 있다. 자기 인생은 자기가 책임지라고 하지 않았나? 우리 엄마는 다른 엄마들과는 달리 쿨하다고 생각했는데, 엄마도 어쩔 수 없이 다른 사람들처럼 변해 가나 보다.

"하지만 내 물건인데, 물어보지도 않고 버리면 어떡해? 장난이지, 그렇지?"

계속 그렇지, 그렇지?라고 물으면서도 불길한 예감을 떨칠 수가 없었다.

"박스 안이 가관이더라, 정말. 그럴 시간에 책을 한 권이라도 더 읽어. 휴대폰 요금은 또 왜 그렇게 많이 나와? 이번 달부터 데이터 제한했으니까 아껴 써."

"엄마도 서태지 팬이었다며? 마리안느가 얼마나 내게 중요한지 알 거잖아?"

그제야 엄마는 텔레비전에서 시선을 돌려 나를 쳐다봤다.

"얘, 상업적으로 만들어진 아이돌하고 서태지를 비교하지 마. 천재 뮤지션하고 비교하는 것 자체가 수준 떨어져. 뭐야, 설마 지금 울어? 용돈으로 그딴 걸 사 모으는 게 부끄럽지도 않니?"

"엄마가 번 돈도 아니잖아!"

슬퍼서 우는 게 아니다. 어처구니가 없어서 눈물이 나는 거다. 서태지의 수준이 어떤지는 잘 모르겠지만 마리안느의 음악은 그 어떤 것과도 비교할 수 없다. 나에게만은.

"남의 물건을 함부로 만지는 건 프라이버시 침해야. 돈으로도 못 사는 물건들이라고!"

프라이버시 침해는 드라마에서나 나오는 말인 줄 알았는데 내가 그런 말을 하고 있다.

나는 후다닥 현관 밖으로 뛰쳐나왔다. 엘리베이터로 달려가 버튼을 마구 눌렀다. 땡, 하고 문이 열리자 아빠가 어리둥절한 표정으로 나를 바라봤다. 벌게진 얼굴인데다 온몸에서 술 냄새, 고기 냄새가 뿜어져 나온다. 최악이다.

"현지야. 어딜 가, 이 밤에? 불금 파티라도 가는 거야?"

지금은 아빠의 시시껄렁한 농담을 받아 줄 기분이 아니다. 나는 휙 몸을 돌려 비상구 문을 열고 계단을 뛰어 내려갔다. 바보, 새로 이사 온 아파트가 23층이라는 걸 깜빡했다. 이전 아파트에서는 3층에 살았기 때문에 계단을 통해 내려가는 게 더 빨랐다. 나는 두 층을 내려가다 지쳐, 21층에서 다시 엘리베이터를 잡아탔다.

엘리베이터에서 내리자마자 아파트 뒤쪽의 쓰레기장으로 달려 갔다. 엄마의 성격상 종이와 플라스틱은 재활용으로, 나머지는 일 반 쓰레기로 철저히 분리했을 것이다. 각각의 쓰레기통을 다 뒤 져 봤는데도 나오지 않았다. 플라스틱 수거함엔 페트병과 고약한 냄새가 나는 포장 용기뿐이었다.

"학생, 중요한 거라도 잊어버렸어? 내가 도와줄까?"

지나가던 경비원 아저씨의 물음에 눈물이 왈칵 터져 대답을 할 수가 없었다. 외투도 입지 않아 몸이 바들바들 떨리고 장갑을 끼 지 않은 손은 얼어붙을 지경이었다.

터덜터덜 집으로 돌아오니 거실 불이 꺼져 있었다. 자정은 이미 넘었고 안방에서 희미하게 불빛이 새어 나왔다. 몸에서 시큼한 쓰레기 냄새가 나서 샤워를 했다. 그래도 냄새는 빠지지 않았다. 멍하니 천장을 바라보다 몸을 돌려 벽장 쪽을 보았다. 허무한 마 음이 몰려와 침대에 털썩 쓰러졌다.

똑똑, 문을 두드리는 소리가 났다. 이불을 뒤집어썼다.

"현지야, 자니?"

아빠다. 나는 대답하지 않았다. 불이 환하게 켜져 있어 자는 척 해도 속지 않을 테지만.

"엄마가 좀 심했지? 네가 걱정돼서 그러는 거니까 너무 속상해 하지 마라. 너도 걸 그룹 멤버가 되고 싶은 거냐? 아빠가 팍팍 밀 어 줄게! 기획사에 연습생으로 들어가 봐. 그럼, 요즘 세상은 적성에 맞춰 살아야 성공하지. 케이팝 열풍이 불어서 세계 시장에 나가면 돈도 그러모은다며? 하나밖에 없는 우리 딸, 하고 싶은 거 다 하게 도와줄게."

아빠는 내일 아침이면 다 잊어버릴 호기를 부린다. 술에 취하면 늘 그렇다. 나는 이불을 덮어쓴 채로 말했다.

"아빠, 걸 그룹이 몇 개 있는 줄은 알아? 300개, 아니 400개도 넘어. 그중에 돈을 버는 그룹이 몇이나 될 것 같아? 학교생활보다 더 힘든 게 연습생 생활이야. 게다가 내 외모로는 꿈도 못 꾼다고."

잘 알고 있는 척했지만 실은 마리안느의 팬 카페에서 주워들은 거다.

"우리 딸이 어때서? 내가 보기엔 특, 특, 특으로 예쁜데."

아빠는 엄지를 치켜세운다. 나는 한숨을 내쉬었다. 아빠가 내 눈치를 살피다 말했다.

"으음, 그럼 취소다. 공부나 열심히 해. 그게 확률상으로는 제일 높다."

"무슨 확률?"

"인생에서 실패하지 않을 확률이지. 첫 출발부터 꼬이면 나중에 되돌리기 힘들어. 평범하게 사는 게 행복한 거야."

평범하게 살기 위해서 열심히 공부하라는 건, 끔찍한 일이다. 엄마는 영어 선생님이 되려던 꿈을 이루지 못해 은근히 내가 선생님이 되길 바란다. 성공해 봤자 평범한 영어 선생님이라는 거잖아. 평범하게 살아가기 위해 이토록 노력해야 한다면, 도대체 성공하기 위해서는 얼마나 노력을 해야 하는 건데?

나는 이불을 내렸다. 아빠는 문을 반쯤 연 채로 멍하니 서 있다. 내가 살아 있는 걸 확인이라도 하고 싶은 모양이다.

"현지야."

아빠가 내 이름을 부르자 기침이 쿨럭, 튀어 나왔다.

"하고 싶은 이야기가 있으면 말이야……. 그러니까, 엄마에게 하기 곤란한 이야기가 있으면 아빠한테 해도 좋아. 나도 너만 한 때가 있었으니까."

거짓말. 아빠는 그냥 처음부터 어른으로 태어난 거 아냐? 엄마도, 선생님도, 세상의 어른들은 모두. 나하고 비슷한 시절이 있었다면서 어떻게 그렇게 까맣게 잊고 살 수 있는 거지? 내가 진짜로 뭐가 되고 싶은 건지 알기나 하냐고! 공부만 하는 게 그리 쉬운 일이냐고! 나도 잘난 딸이 되고 싶은데, 열심히 노력한다고 되는 게 아니라고!

나는 마음속으로만 소리를 질러 댔다. 시원하기는커녕 더 답답해졌다.

"문 닫아, 추워."

나는 이불을 다시 뒤집어썼다. 아빠는 한참을 서 있더니 문을 슬며시 닫았다.

2

마리안느는 외계에서 온 소녀들이라는 콘셉트로 활동하는 걸 그룹이다. 비너스, 수진, 니키, 제이. 이 네 명이 활동하고 있다. 그들은 살던 별이 오염되어 다른 행성을 찾아 나섰다가 지구에 불시착한다. 초고주파에 비트를 실어 우주를 향해 구조 요청을 하고 마침내 마리안느의 마지막 멤버가 그 신호를 수신해서 지구에 도착한다. 바로 이번 앨범에서.

아침 여섯 시 반, 저절로 눈이 떠졌다. 방학이라 알람을 꺼 놓았지만 내 몸은 여전히 학교생활에 맞춰져 있나 보다. 다시 침대에 누울까 하다가 그만뒀다. 책상에 오만 원짜리 한 장이 보인다. 너덜너덜해진 지폐가 마치 아빠 같다. 내게 줄 게 이것밖에 없는 아빠. 나는 침대에서 미끄러지듯 빠져나와 벽장문을 살며시 열어 본다. 거짓말처럼 박스가 그대로 있을 거라고 조금, 아주 조금은 기대했다.

당연히 없다. 사라진 박스 옆에 핑크빛 슈트 케이스가 보인다. 나는 그걸 끄집어냈다. 슈트 케이스의 안쪽 포켓을 뒤적거려 빨간색 복주머니를 꺼냈다. 오래전 할머니가 세뱃돈과 함께 선물로 준 것이다. 다행이다. 지폐와 동전으로 묵직하다. 나는 아빠에게 받은 돈을 복주머니에 집어 넣었다.

슈트 케이스는 흠집 하나 없다. 중학교 때 수학여행을 가기 위해 산 건데 어이없게도 전염병이 번져 여행이 취소되었다. 수학여행이 뭐라고, 나는 펑펑 울어 버렸다. 예쁜 슈트 케이스를 쓸 수 없어서 그랬을지도 모른다.

엄마는 슈트 케이스를 들고 해외여행을 가자고 약속했지만, 아직도 나는 비행기를 타 본 적이 없다. 남들은 다 가 봤다는 제주도도 못 가 봤다. 아빠는 주중엔 늦게 들어오고 주말엔 잠만 잔다. 엄마는 여행 자체를 싫어한다. 슈트 케이스가 비상 금고가 된 건 이유가 다 있다. 이곳에 모아 둔 돈으로, 이 슈트 케이스를 끌고, 언젠가 멀리 떠날 거라고 다짐했기 때문이다.

슈트 케이스를 다시 벽장 안으로 집어넣으려다 멈칫했다.

'오늘이 그날이야. 지금 이걸 들고 집을 나가야 해. 아니면 평생 후회할지도 몰라.'

나는 옷장을 벌컥 열었다. 손에 잡히는 대로 슈트 케이스에 쑤셔 넣었다. 청바지와 스웨터, 오리털 점퍼를 껴입었다. 장갑과 모자도 챙겼다. 이 정도면 문제없다. 어디든 갈 수 있을 것 같다.

슈트 케이스를 끌고, 소리 나지 않게 조심조심 집을 빠져나왔다. 엘리베이터 도착을 알리는 벨 소리가 너무 커서 주변을 둘러봐야 했다. 다행히 함께 타는 사람은 없다. 밖은 이미 환했고 여기저기서 새소리가 들렸다. 아치형의 구조물이 있는 아파트 정문에 다다르자 기다렸다는 듯 택시가 멈췄다. 나는 망설임 없이 택시의 뒷자리에 올라탔다. 슈트 케이스는 기사가 트렁크에 실어 주었다. 어쩐지 어른이 된 기분이었다. 가출은 엄청 쉬운 일이구나.

어디로 갈까요,라고 기사가 묻기 전까지는 모든 것이 완벽한 듯했다. 내겐 돈도 있고, 슈트 케이스도 있고, 휴대폰에 저장된 마리안느의 음악도 있었으니까. 하지만 어디로 갈까요,라는 한 마디가 나를 초라하게 만들어 버렸다. 집을 떠나고 싶을 뿐 어디로 가야 할지 모르는 것이다.

"고, 공항이요."

비행기를 타야 한다. 그 생각밖에 나지 않았다.

*

땡, 하고 안전벨트 사인이 꺼지자 벨트를 풀어 버리고 작은 창에 얼굴을 파묻었다. 비행기 아래로 구름이 보인다. 구름 위를 사뿐사뿐 뛰어다닐 수 있을 것만 같다. 이어폰에서 마리안느의 음악이 흘러나온다. 신시사이저의 몽롱한 분위기가, 날아가면서 듣기에 딱이다. 마리안느와 함께 우주선을 탄 기분이다.

레고처럼 작아졌던 아파트도 이젠 보이지 않는다. 구름 위로 빨갛고 눈부신 태양이 떠오른다. 사진을 찍어 보지만 이 순간의 기분을 절대로 저장할 수 없을 것 같다.

공항으로 가자고 하자 기사는 김포공항인지 인천공항인지 물었다. 해외로 가려면 여권이 필요하다는 게 그제야 떠올랐다. 여권은커녕 주민등록증도 없고, 고작 학생증이 있을 뿐이었다. 어쩔 수 없이 김포공항이라고 답했다. 그나마 비행기로 갈 수 있는 곳이 떠올랐기 때문이다. 사실은 갈 데가 딱 한 군데밖에 없었다. 언제나 나를 따뜻하게 반겨 줄 사람이 있는 곳은.

이륙한 지 얼마 되지도 않았는데 도착을 알리는 방송이 흘러나왔다. 기내식은 없고 고작 생수 한 병이 나왔다. 이대로 몇 시간이고 날아가 이름도 들어 보지 못한 도시로 데려다주면 좋을 텐데, 결국 내가 도착한 곳은 부산이었다.

곧바로 광안리 해수욕장으로 향했다. 바다를 보면 갑갑한 마음이 뚫리겠지. 하지만 막상 바닷가에 도착하니 칙칙한 회색 파도가 성이 난 것처럼 울렁거렸다. 바닷가 위에 떠 있는 광안대교가 내 앞으로 성큼 다가와 있는 것 같았다.

광안대교에서 뛰어내리는 사람이 꽤 많다는 아빠의 농담이 떠올랐다. 다리 아래쪽은 수심이 꽤나 깊어서 구조하기 힘들다나? 오늘같이 칙칙한 날 바다를 보고 있으니 그럴 만도 하겠다는 생각이 들었다. 눈을 감았다. 마음이 순식간에 얼음처럼 차가워졌다. 그 아이가 귀에 대고 속삭였다.

"다시는 바보 같은 짓 하지 않겠다고 약속해."

쏴아아아, 파도 소리에 정신을 차렸다. 바람은 차갑고, 몸은 무겁고, 머리는 복잡하다. 슈트 케이스를 집어 들 때만 해도 이 가출이 운명이라고 생각했는데…… 실수를 한 건지도 모른다는 생각이 들었다.

바다가 훤히 보이는 카페에 들어가 따뜻한 라테를 마셨다. 케이크도 하나 추가. 철 지난 크리스마스 트리에 작은 불빛이 반짝거렸다. 휴대폰의 비행 모드를 껐다. 부재중 전화는 한 통도 없다. 새로운 메시지도 없다. 칫, 엄마는 내가 아침 일찍 독서실이라도 간 줄 아나 보다. 이대로 집으로 돌아가면 가출한 것도 모를 것 같다. 실수를 되돌리고 싶다면 지금이 마지막 기회다.

나는 자리에서 일어났다. 슈트 케이스를 질질 끌고 밖으로 나와 택시를 잡았다. 그리고 우주맨션으로 향했다.

3

우주맨션은 부산 앞바다가 훤히 내려다보이는 가파른 언덕 위에 있다. 산처럼 보이는 큰 섬이 바로 맞은편에 있고 안쪽으로 쑥 들어간 바다와 항구가 보인다. 아빠가 초등학교에 들어간 직후에 우주맨션으로 이사를 왔으니 할머니가 이곳에 산 지는 거의 사십 년이 되어 가는 셈이다. 할아버지는 이사를 오기 훨씬 전에 돌아가셨다.

아빠는 고등학교 때까지 줄곧 부산에 살다가 서울의 대학으로 진학했다. 같은 학교에서 엄마를 만나 졸업과 동시에 결혼을 했고, 이듬해에 내가 태어났다. 엄마는 그때를 정신없던 시절이라고 부른다.

초등학교 시절 내내 여름 방학을 우주맨션에서 보냈다. 당시엔 엄마가 학원에서 영어 강사로 일을 하고 있어서 무척 바빴다. 휴가를 낸 아빠가 혼자 부산으로 내려왔다. 나는 아빠와 함께 광안리 해변에서 모래성을 짓거나 튜브를 타고 바다를 둥둥 떠다녔다. 하지만 아빠가 돌아가면 우주맨션의 놀이터에서 시간을 많이 보냈다. 뜨겁게 내리쬐는 태양을 피해, 우주맨션의 디귿 자 한가운데의 그늘에 앉아 있으면 어디선가 소금기가 섞인 바람이 불어왔다.

나는 우주맨션에서 혼자가 아니었다. 항상 혜수와 함께였다. 할 이야기가 얼마나 많은지 하루 종일 이야기를 해도 모자랐다. 혜수네 집에는 만화책과 동화책이 많아서 시간 가는 줄을 몰랐다. 여름 방학 때 뭘 했냐고 엄마가 물어보면 혜수의 이야기는 슬쩍 뺐다. 가장 중요한 이야기는 혼자 간직하고 싶어서.

혜수는 할머니 집 바로 아래층에 살고 있었다. 몸이 편찮은 아빠와 그를 돌보는 엄마가 항상 함께 있었다. 비밀번호를 누르고 혼자 들어와야 하는 우리 집과는 달리, 벨을 누르면 언제나 혜수의 엄마가 문을 열어 주었다. 나는 그게 참 좋았다.

*

"아빠가 그러는데, 우리는 상상 속에서만 진짜가 된대."

6학년 여름 방학이 거의 끝나 가던 날, 혜수가 했던 말이 기억난다. 힘없이 돌아가는 에어컨의 실외기, 볼륨을 작게 틀어 놓은 만화 영화 채널, 그리고 옆방에서 들리는 아저씨의 기침 소리도.

"너만 알고 있어."

혜수는 목소리를 낮췄다.

"우리 아빠는 외계인이거든. 호흡기 구조가 지구인과는 달라서 오염된 공기를 감당할 수가 없어. 그래서 아픈 거니까 괜찮아. 아빠는 우주선을 타고 자신이 살던 별로 돌아갈 거래. 그곳에 돌아가면 아빠의 병도 깨끗이 나을 거야."

표정이 너무 진지해서, 장난치지 말라고 할 타이밍을 놓쳐 버렸다.

"아빠가 지구에서 사라진다고 해도 슬퍼하지 말라더라. 나도 아빠가 있는 곳으로 갈 수 있으니까. 그때를 대비해서 엄청 열심히 수련해야 돼. 아직 상상력이 부족하거든. 아빠는 우주맨션 옥상에 비밀 송신기를 만들어 놨어."

"비밀 송신기?"

"우주에 강력한 전파를 보내는 기계. 우리가 이런 언덕 꼭대기에 솟은 맨션에서 사는 이유가 다 있는 거지. 하필이면 왜 이름이 우주맨션이겠어? 리듬의 패턴을 송신기를 통해 증폭하면 우주에 신호가 보내져. 그래야 구조대가 아빠를 찾을 수 있거든. 맨션 벽에 그려진 그림 봤지? 언젠가 우주선이 나타나 아빠를 구할 걸 미리 말해 주는 거야. 이집트 벽화에도 그런 거 있잖아. 외계인들은 오래전부터 지구와 교류를 했거든."

아무리 이상한 이야기도 혜수가 말하면 그럴듯하게 들렸다. 상상력을 연마했기 때문일지도 모른다. 엄마도 함께 가는 거냐고 묻자 혜수는 얼굴을 찡그렸다.

"진짜 우리 엄마가 아냐. 내게 친절하지만 겉으로 그러는 것뿐이야. 예전 같았으면 이렇게 너하고 놀지도 못했을 거야. 방학 땐 학원에서 살다시피 했으니까. 밤늦게까지 숙제를 하고 영어 단어를 외워야 했어. 휴대폰과 컴퓨터 금지는 또 어떻고?"

그리고 팔을 슬쩍 내밀었다. 손목에서 팔꿈치까지 자로 그은 것 같은 사선 모양의 상처가 여럿 나 있었다. 여름인데 긴팔을 입고 있는 게 이상했는데 상처를 가리기 위해서였나 보다.

"선생님에게 상의해 보지 그랬어? 경찰에 신고해야 하지 않아? 내가 도와줄까?"

가정폭력 예방 교육을 받은 적이 있다. 그 피해자가 내 친구일 줄은 상상도 못 했다.

"괜찮아. 폭주를 몇 번 했더니 지금은 자유야. 엄마가 뭐라고 하든 신경 안 써. 아빠가 말해 줬거든. 우리 별에서는 하고 싶은 일만 하면서 산다고. 지구인들은 하고 싶은 일은 맨 뒤로 미루기 때문에 죽기 직전에야 후회하지. 평범하게 사는 게 행복이라고 말하는 사람은 최악이야. 어른들에게 세뇌당하면 안 돼. 알겠지?"

나는 애매하게 웃기만 했다. 평범하게 사는 게 최고라고 생각해 봤던 것이다. 나도 어른들에게 세뇌당한 게 분명했다.

"열심히 상상력을 연마하는 중이야. 준비가 덜 된 사람은 막상 우주선이 구조를 하러 와도 믿지 못해 주저할 테니까."

"혹시 나도 우주선을 탈 수 있는 거야? 나도 따라가면 안 돼?"

혜수는 대답하지 않았다. 안 된다는 대답이 나올까 봐 나는 얼른 다른 화제로 이야기를 돌렸다. 요즘 좋아하는 아이돌 노래로.

혜수는 아이돌 그룹에 대해서 속속들이 알고 있었다. 들어 본 적도 없는 그룹의 신곡에 대해 한참을 떠들더니 선풍기 바람에 머리를 휘날리며 노래와 춤을 보여 주었다. 보는 내가 부끄러워질 만큼 춤은 엉망이었다. 혜수는 마치 자기가 무대의 주인공인 것처럼 다른 세계에 푹 빠져 있어 이쪽 세계는 신경도 쓰지 않는 듯이 보였다.

리듬감을 높이기 위해서는 춤을 추는 게 최고라고 했다. 사람에게는 고유의 심장 박동이 있어서, 자연스럽게 박자를 탄다나? 몸의 리듬을 자연스럽게 따르면 우주의 신호를 몸으로도 감지할 수 있단다. 마치 안테나가 달린 것처럼.

"문을 이렇게 꽉 닫아 놓고 안 더워?"

아주머니가 문을 열자 혜수는 동작을 멈췄다. 쟁반에 식빵과 우유가 놓여 있었다. 마요네즈를 바르고 설탕을 뿌린 건데 아주머니가 자주 간식으로 만들어 주셨다. 식빵을 입에 물면 설탕이 아사삭 부서지는 소리가 났다.

"엄마, 노크 좀!"

혜수는 고함을 꽥, 질렀다. 내가 무안해질 정도로. 아주머니는 간식을 내려놓고 조용히 사라졌다.

"현지야, 너 피아노 칠 줄 알아? 나, 리듬감은 기가 막힌데 음정은 엉망이거든. 음정이 곧 주파수잖아. 이러다간 구조 요청을 보낼 수 없을 거야."

혜수네 집 거실에 피아노가 한 대 있었는데 먼지만 가득 쌓였지 누가 치는 걸 본 적은 없었다.

"조금 칠 수 있어."

다른 학원은 빼먹어도 피아노 학원은 초등학교 시절 내내 빠지지 않고 잘 다녔다. 작은 대회에서 상도 받은 적 있다. 시간 낭비라는 엄마의 주장 때문에 6학년 때부터는 피아노 학원에 다니지 않았다. 조금 아쉽긴 했다. 혜수의 말대로라면 좋아하는 일을 하는 건 절대로 시간 낭비가 아닌데.

혜수는 도 아래의 검은 건반을 눌렀다.

"나사에서 블랙홀이 공명하는 주파수를 측정했는데 B플랫이었대. 베토벤, 슈베르트, 브람스…… 위대한 클래식 곡들은 다 B플랫 조성이라는 거 알아? 우주는 음악의 힘으로 창조되었을지도 몰라."

처음 들어 보는 이야기였다.

"그럼 나한테 피아노 배워 볼래? 자세가 가장 중요해."

나는 혜수에게 뭔가를 가르쳐 줄 수 있다는 게 기뻤다. 허리를 꼿꼿이 하고 팔과 피아노는 수평으로, 손은 계란을 쥐듯이, 손가락은 직각으로. 선생님에게 지겹도록 들었던 말을 혜수에게 해줬다.

"가장 중요한 건 말이야, 마음을 잘 가다듬는 거야. 사랑스러운 마음으로 치면 피아노의 음도 사랑스럽게 나오거든."

이것도 선생님이 말해 준 거다. 처음엔 믿지 않았지만 같은 도를 수백 번, 수천 번 쳐 보면 그 차이를 알 수가 있다. 사랑스러운 도, 슬픈 도, 기쁜 도……. 악보를 보고 그대로 치는 것보다 마음을 담아 표현을 하는 게 더 중요하다.

나는 쇼팽의 녹턴 9번 2악장을 연주했다. 학원 연주회에서 발표한 곡이라 악보 없이도 더듬더듬 칠 수 있었다. 치기는 쉬운 듯 보여도 여기저기 변형되는 부분도 있고, 무엇보다 감정을 담기 힘든 곡이라서 연주할 때마다 느낌이 달라지곤 했다.

연주가 끝나자 혜수는 벌떡 일어나 박수를 쳤다.

"굉장해, 현지야. 너도 우리 별에 함께 가자. 재능이 있어. 피아노를 치는 동안 유체 이탈을 한 것 같았거든. 잠시 다른 세상에 다녀오지 않았어?"

"어어? 그런 것 같기도 하고……."

다른 세상이라는 곳, 나도 가 봤으면 좋겠다. 수없이 연습을 했기 때문에 습관처럼 피아노를 친 것뿐이다.

"자, 그럼 네 곡을 한 번 쳐 봐. 이렇게 잘 치는데 자작곡이 있을 거 아냐?"

"으응? 그런 거 없어."

"간단한 거라도 없어? 아무것도?"

혜수는 고개를 갸웃거렸다. 실망했구나.

그날부터 매일매일 피아노를 가르쳐 주었지만 혜수는 녹턴의 딱 네 마디만 더듬더듬 연주할 수 있었다. 조 옮김을 하고 멜로디도 쉽게 편곡한 것인데도. 다음에 만날 때엔 꼭 전곡을 다 연주할 거라고 혜수가 장담을 했다.

"나, 중학교로 올라가면 여름 방학엔 못 내려올지도 몰라."

이것이 마지막으로 할머니와 보내는 여름 방학이라고 엄마가 몇 번이고 말했다. 다른 아이들은 방학 동안 학원에 다니느라 정신없는데, 나는 자유롭게 두는 걸 고맙게 생각하라면서.

"명절이나 휴일에는 내려올 거잖아. 그때 보면 되지 뭐."

혜수는 별일 아니라는 듯 말했지만 서운한 기분이 얼굴에 드러났다. 그런 걸 감출 수 있는 아이가 아니니까. 내가 부산에 전학을 오면 얼마나 좋을까? 혜수와 함께 학교에 다닐 수 있다면 나도 조금 특별한 아이가 될 수 있을 텐데. 함께 상상력을 연마할 수 있을 텐데.

여름 방학이 끝날 무렵, 엄마가 서울에서 차를 몰고 나를 데리러 왔다. 혜수에게 작별 인사를 하러 갔는데 집에 없었다. 어쩔 수 없이 차에 탔다. 동네 언덕을 넘어가는 길은 아카시아 나무로 무성했다. 오월이면 하얗고 달콤한 꽃으로 뒤덮인다는데 한 번도 본 적이 없었다.

"여기선 겨울에 눈이 안 오고 오월에 내린다니까."

해가 뉘엿뉘엿 질 때면 이 언덕을 혜수와 함께 오르곤 했다. 아카시아 잎은 줄기 양쪽으로 줄줄이 나 있어서 있다, 없다 놀이를 하기에 제격이었다. 혜수 아빠는 외계인이다, 아니다. 올겨울에는 부산에 눈이 온다, 안 온다. 혜수는 우주에 간다, 안 간다…….

언덕을 넘기 직전, 마을버스 정류장에서 혜수를 보았다. 거기서 버스를 기다리는 것 같지는 않았다. 나를 향해 살짝 손을 흔드는 걸 봤기 때문이다. 엄마에게 차를 세워 달라고 해야 할지, 말아야 할지 망설이다가 그냥 지나쳐 버렸다.

4

 그해 크리스마스가 되기 직전, 혜수의 전화를 받았다. 낯선 번호라 받을까 말까 망설였는데 혜수가 처음으로 휴대폰을 개통한 것이었다. 얼굴을 보고 이야기하다가 전화 통화를 하려니 어색했다. 바로 옆에서 말하는 것처럼 또렷이 들리는데도 서로의 거리는 멀게 느껴졌다.

 혜수는 부산에 삼 년 만에 처음 눈이 왔다는 둥, 초등학교의 마지막 겨울 방학이라 먼 곳으로 여행을 가고 싶다는 둥, 이런저런 말을 늘어놓았다. 잠시 말이 없길래 아저씨의 안부를 물었다.

 "돌아가셨어. 한 달 전에."

 코가 시큰해졌다. 그렇구나. 그런 일이 있었구나. 혜수의 수다가 계속 이어졌다. 쏟아져 나오는 말을 막을 수 없었다. 혜수는 나의 말을 필사적으로 거부하는 것 같았다. 그 마음을 알 것 같아서 잠자코 이야기를 들어 주었다.

"현지야, 혹시 돈 좀 가진 거 있니?"

혜수가 불쑥 물었다.

"돈이 왜 필요한데?"

한숨 쉬는 소리가 들렸다.

"지난번에 이야기했잖아. 아빠가 우리 별로 돌아갔으니 이젠 내 차례라고. 문제가 좀 생겼어. 리듬 머신을 수리해야 해. 아빠를 보내느라 무리를 했는지 고장이 났어. 수리비가 만만찮아. 세뱃돈이랑 용돈 모아 둔 거 있다고 했지? 그거 좀, 빌릴 수 없을까?"

혜수가 말하는 리듬머신은 책 크기의 네모난 기계다. 베이스 드럼, 스네어 드럼, 하이햇과 박수 소리, 그리고 네 개의 샘플 소리를 16마디로 나누어 입력할 수 있고 음색과 템포를 변화시킬 수 있다. 그걸 틀어 놓고 혜수는 리듬에 맞춰 몸을 흔들고, 나는 고개를 까딱거리곤 했다.

"엄마한테 맡겨 놔서 허락을 받아야 해."

웃음인지 한숨인지 모를 바람 소리가 수화기 너머에서 들렸다.

"현지야, 너도 어쩔 수 없는 지구인이구나. 절호의 기회를 줘도 머뭇거리잖아. 내가 쓰고 나면 어차피 네게 주려고 했는데……. 너도 우리 별로 올 수 있게."

"무슨 소리야? 나도 도와주고 싶다고. 기다려 봐. 어떻게든 마련해 볼게."

세뱃돈과 명절과 생일 때 받은 돈은 엄마에게 저금해 두었다. 그걸 좀 달라고 말을 슬쩍 꺼내 봤지만 중학교에 진학할 때 필요한 걸 사야 하니까 어림도 없다고 했다. 내게 당장 필요한 건 우주선에 탑승할 수 있는 티켓인데, 엄마는 고작 최신형 태블릿 따위로 생색을 내려고 했다. 어쩔 수 없이 비밀 저금통을 털었다. 아빠와 할머니가 준 용돈을 따로 모아 놓았던 것이다. 그걸 모두 혜수에게 보냈다. 하나도 아깝지 않았다.

설날이 되어 할머니 집으로 오자마자 혜수를 만나러 갔다. 혜수 대신 아주머니가 나를 맞아 주었다. 예전보다 훨씬 창백한 얼굴로.

"어쩌나, 혜수는 집에 없는데."

"언제 돌아오는데요?"

"글쎄다."

나는 고개를 떨구고 운동화 코를 땅바닥에 툭툭 박았다.

"잠깐 들어오지 않을래?"

싸늘한 거실에 아주머니와 단둘이 앉았다. 아주머니가 코코아를 내주었지만 마실 마음이 나지 않았다.

"실은 말이야, 혜수가 일주일 전에 집을 나갔어."

"네에?"

"나하고 좀 다퉜거든. 뜬금없이 아이돌이 되고 싶다나? 여기는 제대로 배울 수 있는 곳이 없다면서, 서울로 갈 거라고 돈을 달라 떼를 쓰니 원. 그 말을 믿을 수가 있어야지. 혹시 연락이 오지는 않았니? 너하고는 친했잖아."

"아뇨. 그런 적 없어요. 여름 방학 때만 만나는 사이라."

나도 모르게 거짓말이 튀어나왔다. 아주머니는 고개를 떨구었다.

"역시 그렇구나. 작년 겨울에도 집을 나갔는데 사흘 만에 돌아왔어. 이번엔 좀 늦어서 걱정이다. 혹시라도 연락이 오면 꼭 말해 줘. 알았지?"

그때 안방에서 콜록거리는 기침 소리가 났다. 잘못 들었나 싶었는데 분명 아저씨의 기침 소리였다. 콜록콜록 숨이 넘어갈 듯한 기침 소리가 이어지더니 뚝, 멈추었다.

"아저씨는 괜찮으세요?"

"상태가 좀 나빠져서, 아무래도 큰 병원에 가서 수술을 받아야할 것 같다. 이럴 때 혜수가 옆에 있으면 아빠에게 힘이 되어 줄텐데."

아주머니는 의심스러운 눈길로 나를 봤지만 더 이상 캐묻지는 않았다. 나는 잘못한 걸 들킨 아이처럼 고개를 들지 못했다.

"혜수가 학교를 한 해 쉰 거 알고 있지?"

언젠가 혜수가 말해 준 적이 있다. 외계인이 지구에서 급격히 성장하면 나타나는 증상 때문에 학교를 쉬었다고. 이른바 성장통. 뼈마디가 쑤시고 심장이 벌렁벌렁 뛴다나?

"너도 알겠지만 혜수는 종잡을 수 없는 구석이 많아. 그나마 네가 친구가 되어 줘서 다행이라고 생각했는데……."

아주머니는 뭔가 더 하고 싶은 말이 있는 듯했지만, 눈을 한 번 훔치더니 좀 쉬어야겠다고 안방으로 들어갔다. 자리에서 일어나 밖으로 나가려는데 혜수의 방문이 살짝 열려 있는 게 보였다.

나는 슬며시 방으로 들어갔다. 외투와 바지, 목도리가 엉켜서 침대 여기저기에 처박혀 있었다. 책꽂이에는 만화책과 시디가 아무렇게나 꽂혀 있고, 신발 상자가 책꽂이 위에 여럿 있었다. 벽에는 아이돌의 포스터가 빽빽하게 붙어 있었다. 철 지난 아이돌부터 최근에 데뷔한 듯한 이름 모를 그룹까지 뒤죽박죽이었다.

나는 침대에 털썩 앉았다. 여름밤, 이곳에서 혜수와 함께 잠든 적도 많았다. 키득키득 웃으면서 함께 별의별 이야기를 나누었는데…….

온몸에 힘이 빠져 그대로 침대에 누워 버렸다. 천장에 형광 스티커 별이 보였다. 혜수와 함께 침대에 누워 이런저런 이야기를 나누었다. 불을 끄고, 반짝이는 별을 바라보면서.

"지구에서 갑자기 사라지는 사람들이 많은 거 알아? 아무에게도 말하지 않고, 하루아침에 흔적도 없이 사라지는 사람들 말이야. 들어 본 적 없어?"

"텔레비전 프로그램에서 본 것 같아."

"가족과 친구들은 찾다가 결국 포기하겠지. 하지만 그들은 죽은 게 아니야. 원래 있던 곳으로 돌아간 것뿐이지."

혜수는 손가락으로 별을 가리켰다. 그런 혜수를 보면서 약간 무

서 웠다. 혜수를 따라가겠다고 했지만 엄마와 아빠, 그리고 할머니
를 두고 갈 엄두가 나지 않았다.

혜수가 사라진 방에서 나 혼자 손가락으로 형광 스티커 별을
가리켜 보았다. 어느 별이 자기 별이라고 했더라? 중간에 가장 큰
별? 아니면 그 옆의 별? 아무리 봐도 알 수가 없었다. 환한 낮이라
별이 반짝이지 않아서 그랬을지도.

5

다음에 가출을 하면 배낭을 멜 것이다. 우주맨션 입구에서 1층에 다다르는 계단은 거의 한 층을 올라가는 것과 맞먹었다. 슈트케이스를 끌고 계단을 오르려니 손목이 시큰거리고 다리도 후들후들 떨린다.

맨션 입구에서 지하층을 슬쩍 내려다보았다. 문을 두드리면 혜수가 나를 반겨 줄 것만 같다. 나는 마음을 가다듬고 할머니 집 초인종을 눌렀다.

인기척이 나지 않아 다시 초인종을 누르려는데 문이 한 뼘 정도 열렸다. 손잡이를 잡아당겼지만 체인 걸쇠 때문에 열리지 않았다. 이상했다. 할머니는 체인은 잠가 두지 않는데.

"아이고, 현지 아이가? 연락도 없이 무슨 일이고? 밥 묵나?"

할머니가 서둘러 문을 열고 내 손을 잡았다. 손이 나뭇가지처럼 거칠고 딱딱하다. 지난 설 때보다 더 쪼그라들어 보였다. 추석 때엔 중간고사가 겹쳐서 내려오지 못했다.

"할머니, 밥은 나중에 먹을게. 지금은 나 엄청 피곤하거든."

나는 슈트 케이스를 끌고 작은 방으로 들어갔다. 그곳은 아빠가 쓰던 방으로 옷장과 책장, 커다란 오디오가 있어서 사람이 두 명 누우면 꽉 찬다. 할머니는 서둘러 보일러를 틀었다. 이 동네는 도시가스가 들어오지 않아서 기름보일러를 쓰는데 할머니는 평소에 그걸 켜는 법이 없다. 아빠와 내가 올 때를 빼놓고는. 자리에 눕자마자 잠들어 버렸다.

시끄러운 소리 때문에 잠에서 깨어났다. 동네에서 싸움이 났나 싶었지만 가만히 들어 보니 텔레비전 소리였다. 그렇지, 여기는 우리 집이 아니라 우주맨션이지.

할머니는 소파에 비스듬히 누워 텔레비전을 보고 있었다. 텔레비전에서는 연예인들의 수다가 이어지고 있다. 시어머니와 며느리의 갈등이라니, 매번 똑같은 레퍼토리. 베란다와 거실에는 할머니가 기르는 화분으로 가득하다. 묘하게 평화로운 풍경을 깨기 싫어 방해하지 않고 할머니를 한참이나 지켜보았다. 초등학교 시절의 여름 방학으로 돌아온 기분이 들었다. 걱정거리라고는 오늘 어떤 내용으로 일기장을 채워야 할지밖에 없는, 그런 평온한 날들로.

고양이 한 마리가 야옹, 하면서 내 다리로 다가오자 할머니가 뒤를 돌아봤다. 할머니는 길고양이들에게 먹이를 주기 때문에 고양이들이 맨션 안팎을 서성거린다. 모양과 크기는 달라도 이름은 항상 나비다. 이번엔 온몸이 까만 새끼 고양이다.

"우리 손녀 아침 먹어야제? 아니, 점심이가?"

한 끼 굶으면 큰일이라도 나는 것처럼 할머니는 언제나 먹을 걸 걱정한다.

"으응, 배고파."

할머니는 돼지고기가 듬뿍 들어간 김치찌개와 커다란 분홍색 소시지에 계란을 입혀서 구워 주었다. 지나치게 짠 김치와 깻잎조림도 나왔다. 정겹다, 이런 반찬. 하지만 내가 지금 먹고 싶은 건……

"할머니, 빵하고 주스 같은 거 없어?"

"에이, 사람은 밥을 무야 힘을 쓰제."

아침을 건너뛰어서 그런지, 뚝딱 한 그릇을 비웠다. 할머니가 한 공기를 더 권했지만 딱 잘라 거절했다. 동영상이라도 볼까 하고 휴대폰을 꺼내 들었는데 와이파이가 잡히질 않는다. 할머니 집에 와이파이가 없다는 걸 깜빡했다. 신호가 한 칸인 iptime에는 비밀번호가 걸려 있다. 12345678, 이라고 입력해 보았지만 역시나 연결은 되지 않았다. 어떻게 인터넷 없이 살 수 있지? 할머니의 휴대폰은 여전히 피처 폰. 그래도 아무 불편 없이 사시는 걸 보니 신기하다.

오늘은 마리안느의 새 뮤직비디오가 공개되는 날인데 제대로 볼 수 있을지 모르겠다. 나는 밥그릇과 국그릇을 싱크대에 집어넣었다. 할머니가 그대로 놔두라는데도 설거지를 했다. 집에서는 지저분한 접시와 그릇이 넘쳐나도 못 본 척하면서 여기서는 어쩐지 착한 손녀가 되고 싶다. 진짜 착한 손녀가 되려면 가출 따위는 하지 말아야 하겠지만.

밖으로 나갈 채비를 하자 할머니가 물었다.

"어디 갈라고 그라노? 억수로 춥다. 따땃하게 방구들 데워 났는데 그냥 공부나 하지."

"집에만 있으니 답답하잖아."

사실은 피시방에 갈 계획이다.

"장갑이랑 모자 꼭 챙기 가라. 그리고 낯선 사람이 나타나면 조심하고. 알았제?"

할머니는 나를 아직도 초등학생 취급한다. 춥다고 하지만 서울과 비교하면 봄 날씨나 다름없다. 코트 주머니에 장갑을 쑤셔 넣었다. 지도 앱을 실행해 피시방을 검색하니 350미터 거리에 하나가 있다. 방향을 잃을까 휴대폰을 두 손에 꼭 쥐고 길을 확인하면서 걸었다.

피시방은 한산했다. 귀퉁이에 자리를 잡고 동영상을 검색했다. 마리안느의 컴백 뮤직비디오는 오늘 자정에 공개된다. 몇 번이나 본 티저 뮤직비디오를 다시 재생했다. 조회 수가 지난 번보다 딱히 늘어난 것 같지 않다.

신곡의 티저 비디오는 하얀 공간에 파랗고 빨간 불빛이 빙글빙글 돌면서 시작된다. 예산이 부족해서, 모형이나 컴퓨터 그래픽으로 우주 비행선을 구현하지 못하고 조명으로 그럭저럭 분위기만 낸 것 같다.

네 명의 그림자가 우주선에서 내려와 땅을 밟는 순간, 지렁이가 기어가는 듯한 신시사이저 음이 흘러나온다. 어두웠던 화면이 연한 초록색으로 바뀌면서 랩을 담당하는 제이의 얼굴이 확대된다. 쇼트커트에 은빛이 감도는 옅은 보라색으로 염색을 했다. 초록색 컬러렌즈를 한 눈동자가 점점 커진다. 그리고 제이가 내게 속삭인다.

'헤이, 우리의 심장 소리가 들리지 않니?'

제이의 눈동자는 지구 모양으로 변해 빙글빙글 돈다. 그 눈동자 속으로 빨려들 것만 같다.

그때, 부르르르 휴대폰이 울렸다. 엄마의 메시지다.

─내일 점심 전에는 출발해. 오후에 영어 학원은 빼먹지 말고.

나는 엄마를 노려보듯, 문자를 한참 동안 흘겨봤다. 지금 학원 이야기나 할 때인가? 나는 휴대폰의 전원을 꺼 버렸다.

마리안느의 팬 카페에 들렀다. 나의 닉네임은 우주 소녀. 워낙 초기에 가입했기 때문에 닉네임을 선점할 수 있었다. 우주 소녀

뒤에 숫자나 단어를 붙인 닉네임도 있지만 내가 원조 우주 소녀
인 것이다. 공지 사항을 먼저 체크하고, 제이의 멤버별 게시판에
들어가 새로운 글이 올라온 게 없나, 내 글에 댓글이 달린 건 없나
살펴봤다. 알람도 설정해 놓았고, 수시로 들락날락하기 때문에 확
인할 필요가 없는데도.

　자유 게시판에 마리안느의 마지막 멤버 공개 일자가 언제인지
추측하는 글이 있었다. 누구는 오늘 뮤직비디오에서 나올 거라고
하고, 또 누구는 내년에 나올 정식 앨범이 발표된 후라고도 했다.
기획사 앞에서 찍은 사진 제보도 있었다. 다섯 명의 소녀가 차에
서 내리는 장면이다. 밤에 찍은 거라 얼굴이 흐릿해서 알아볼 수
가 없었다. 사진을 확대해 보았다. 다른 네 명은 대충 구분이 가는
데 맨 앞자리에서 내린 소녀는 낯설었다. 그 소녀가 마지막 멤버
가 아니냐는 추측이었다. 나는 댓글 창에 뭔가를 적으려다 말았
다. 스포일러 하면 안 되겠지.

　피시방 이용 시간을 한 시간도 채우지 않고 우주맨션으로 돌아
왔다.

　"할머니, 혹시 엄마한테 전화했어?"

　집으로 돌아오자마자 대뜸 할머니에게 물었다.

　"네가 잘 도착했다고 애비에게 당연히 전화했다 아이가. 자식 있
어 봤자 아무 소용 없다. 지가 필요할 땐, 전화도 잘만 하더니……."

　아빠가 자초지종을 자세히 설명했다면 할머니가 야단을 쳤을

텐데, 다행이다. 얼렁뚱땅 넘어가려고 한 게 아빠답다.

"방학 동안 여기서 지내도 돼? 옛날처럼 말이야."

"아이고 마, 귀찮다. 매일 밥 차려 주는 것도 일이고."

"할머니이."

나는 할머니의 팔짱을 끼고 어리광을 부렸다. 마늘과 파 냄새, 그리고 정체를 알 수 없지만 기분 좋은 냄새가 났다.

"뭐, 굳이 있고 싶다면 어쩔 수 없제. 언덕 너머 대학교 도서관도 있다 아이가. 거기서 공부하면 잘될 기다. 좋은 대학 나와서 시집도 잘 가야제. 아이다. 니는 이래 예쁘고 마음씨도 고우니까 아무 문제 없지. 할매가 니 시집갈 때까지는 살아야 할 텐데……."

"에이, 또 이상한 소리 한다."

할머니는 입버릇처럼 내가 결혼할 때까지 살고 싶다고 말한다. 허리도 아프고, 무릎도 성하지 않지만 그때까지는 꼭 살고 싶다고. 내가 결혼을 하는 것도 상상하기 싫지만 할머니가 돌아가신다는 건 더더욱 상상하기 싫다. 할머니가 없다면 가출을 해도 갈곳이 없겠지. 아무 조건 없이, 내가 나이기 때문에 사랑해 주는 사람도 없겠지.

저녁은 미역국과 당면무침. 미역국은 쇠고기가 들어가고 당면무침은 아삭아삭한 콩나물이 들어간 걸로. 둘 다 내가 좋아하는 음식이다. 점심을 많이 먹었기 때문에 저녁은 조금만 먹으려고 했지만 실패했다. 할머니 집에서 방학을 보낸다면 다이어트는 일찌감치 포기해야 할 것 같다.

자리에 누웠는데도 잠이 오지 않았다. 바람 때문에 창문이 달그락거려서 더욱. 밤 11시 25분. 휴대폰을 켰다. 엄마에게 새로운 메시지는 오지 않았다. 엄마도 지금 나처럼 휴대폰을 노려보고 있을까? 화를 내야 하는지, 미안하다고 말해야 하는지 헷갈리는 채로.

*

깜빡 잠이 들었다가 피아노 소리 때문에 깼다. 잘못 들었나? 아니다. 아래층에서 나는 게 틀림없다. 방바닥에 귀를 바짝 대 본다. 멜로디와 박자가 조금씩 어긋나지만 분명 쇼팽의 녹턴이다. 내가 혜수에게 가르쳐 주었던 바로 그 곡.

천둥이 치면서 갑자기 비가 쏟아졌다. 이번엔 쾅, 쾅, 쾅 화가 난 듯 저음을 제멋대로 두드리는 피아노 소리가 난다. 주먹으로 마구 피아노를 때리는 것 같다. 나는 자리에서 벌떡 일어나 밖으로 나갔다.

귀를 기울여 본다. 피아노 소리 대신 야아아옹, 하는 소리가 들린다. 나비다. 야아아옹, 이리로 와 나를 잡아 보라고 말하는 것 같다. 지하로 연결된 계단에서 나를 물끄러미 바라보고 있다. 복도의 전등이 흐릿해서 휴대폰의 플래시를 켰다. 나비의 검은 털이 불빛에 반사되어 반질거렸다. 한밤중에 거기서 뭐 하는 거야? 나는 후다닥 계단을 내려갔다. 또다시 번쩍, 쿵. 전단지와 비닐 쓰레기가 지하층 현관 입구에 가득하다. 나비가 비를 쫄딱 맞은 채로 몸을 바들바들 떨고 있다. 허리를 굽히자 나비는 놀란 듯 펄쩍 뛰어, 계단 중간쯤에 있는 작은 창문으로 쏙 들어갔다.

나비야, 하고 불러 봤지만 묵묵부답. 창문은 참고서 하나 크기인데다 촘촘한 간격으로 창살까지 달려 있다. 쪼그려 앉아 안쪽을 들여다보지만 불 꺼진 영화관처럼 어둡다. 무섭다. 아니, 하나도 안 무섭다. 익숙한 곳이니까.

나는 초인종을 눌렀다. 바보, 무슨 짓을 하는 거야? 잠시 후, 문이 끼이익 하고 열렸다. 나는 한 발짝 뒤로 물러섰다. 혜수가 고개를 삐쭉 내밀지 않을까. 말도 안 된다는 걸 알면서도 기대를 걸어 보았다. 하나도 놀라지 않은 척, 반갑게 인사해야지. 혜수는 내가 필요할 때면 반드시 나타날 거라고 약속했으니까. 지금이 바로 그때니까.

2부

지하 소년 **최고의 크리스마스 선물**

6

지하에서 크리스마스이브를 혼자 보내긴 싫었다. 그렇다고 연락할 친구는 없지만. 낯선 사람들에게라도 둘러싸여 있으면 덜 외롭겠지. 하지만 움직이기 싫다. 힘도 없다. 배가 고파서라고 변명을 해 보지만 이러지도 저러지도 못하는 내가 지긋지긋하다.

소파에 누워 현관문을 한참 동안 노려보았다. 마음만 먹으면 돼, 마음만. 심호흡을 한 번 크게 하고 후다닥 현관문 앞까지 갔다. 하지만 딱 여기까지. 나는 그놈의 마음을, 잡는 방법을 모르겠다. 마음이 들개처럼 사방을 뛰어다녀서 도무지 붙잡을 수가 없다. 제발 돌아오라고 애원해도 그놈은 보이지 않는 곳에서 웃겠지. 잡아 볼 테면 잡아 보라고.

심호흡을 다시 한 번 크게 하고 현관문의 손잡이를 잡았다. 손이 떨어지지 않는다. 배에서 꼬르르륵. 손에 힘을 꽉 주고 어깨로 문을 슬며시 밀었다. 박하사탕을 한 움큼 입에 넣은 것처럼 바깥 공기가 싸, 하고 가슴 속을 비집고 들어왔다. 콜록콜록, 기침이 나왔다. 마음이 바뀌기 전에 밖으로 뛰어나갔다. 맨발에 삼선 슬리퍼를 신은 채로.

길 건너편의 슈퍼마켓으로 달려갔다. 하지만 불이 꺼져 있다. 편의점이 있는 아랫동네까지 내려가야 했다. 얼어붙은 경사 길에서 하마터면 미끄러질 뻔했다. 편의점에 들어가자 안경에 뿌옇게 김이 서렸다. 컵라면과 오징어 조미구이, 그리고 감자칩을 품에 안았다. 점원은 나에게 눈길도 주지 않은 채 휴대폰만 쳐다보고 있다. 소리를 줄여 놓고도 동영상의 내용을 다 이해하는 듯 킥킥 웃었다.

계산대에 먹을 것을 잔뜩 늘어놓자 점원은 바코드를 차례로 찍더니 말했다. 여전히 눈길은 휴대폰을 향해 있었다.

"이만 삼천 원입니다. 봉투도 드릴까요?"

허둥지둥 주머니를 뒤졌다. 지폐는커녕 동전도 없다. 체크 카드를 내미니 잔고 부족이라며 점원이 심드렁하게 말했다. 큰일이다. 돈이 다 떨어졌다.

"죄송합니다."

먹을 것을 카운터에 그대로 두고 편의점을 빠져나왔다.

큰길로 나가자 버스가 스르르 섰다. 줄을 지어 서 있던 사람들이 하나씩 버스 안으로 사라졌다. 나도 사람들을 따라 버스에 올라탔다. 교통 카드에는 충전 금액이 남아 있었다. 자리에 앉자마자 버스 안의 온기 때문에 졸음이 쏟아졌다. 라디오에서는 크리스마스 캐럴이 흘러나왔다. 디제이는 오늘 화이트 크리스마스가 될지도 모른다고 목소리를 높였다.

사람들이 우르르 내리는 곳에서 나도 따라 내렸다. 조명으로 장식된 문이 상가 사이의 길 위에 세워져 있었다. 사람들은 쇼핑백을 한두 개씩 들고, 불빛 주위에 모여 사진을 찍어 댔다. 루돌프와 썰매 모양의 조명 아래에는 사람들이 줄지어 늘어서 있었다. 사진을 찍는 사람, 우는 꼬마, 종을 흔드는 자선냄비 모금 봉사자…… 나만 빼고 행복한 것 같다.

나는 커다란 트리가 설치된 계단에 주저앉았다. 작년 크리스마스이브에도 이곳에 왔었다. 혼자가 아니라 엄마와 함께. 사진도 찍고 피자도 먹었다. 휴대폰을 꺼내 일 년 전 사진을 찾아본다. 네 가지 치즈가 들어간 데다 고구마 무스까지 올라간 피자. 엄마는 빨간 산타 모자를 쓰고 환하게 웃고 있다.

그 모자는 케이크를 살 때 선물로 준 것이다. 엄마는 덤으로 주는 물건에 약하다. 엄마는 셀카를 찍고 난 후, 내게 모자를 씌워 주었다. 싸구려 천으로 만들어서 그런지 서걱서걱 소리가 났다.

"설마, 산타를 믿는 거 아니지?"

엄마가 물었을 때 솔직히 대답해야 하는지, 거짓말을 해야 하는지 헷갈려서 눈치만 살폈다. 산타를 믿을 만큼 어린애는 아니지만 산타 같은 사람이 있다면 좋겠다고 생각했다. 내가 뭘 원하는지 말하지 않아도 알고 있는 사람. 착한 짓을 하는지, 나쁜 짓을 하는지 언제나 나를 지켜봐 주는 사람. 그리고 바보 같은 나의 질문에도 따뜻한 미소를 지으며 답해 주는 사람. 최고의 크리스마스 선물은 그런 사람이다.

저기, 빨간 산타 모자가 보인다. 삼각형 모양으로 솟아오른 모자. 감색 코트와 검은 부츠. 머리카락도 어깨 아래쪽으로 한 뼘 정도 내려와 있다. 나는 자리에서 벌떡 일어났다. 엄마가 틀림없다.

엄마는 로터리에서 북쪽으로 올라가 오른쪽 골목으로 방향을 틀었다. 어묵과 떡볶이 냄새가 훅, 덮쳐서 정신을 잃을 뻔했다. 비켜, 비키라고! 사람들 때문에 제대로 뛸 수가 없다. 겨우 골목으로 들어갔지만 엄마의 모습은 보이지 않았다. 왼쪽으로 한 번, 오른쪽으로 또 한 번. 확신도 없으면서 골목을 이리저리 누볐다.

골목은 점점 복잡해지고, 어두워지고, 좁아졌다. 북적거리던 사람들도 모두 사라졌다. '10CC'라고 적힌 붉은 네온사인 앞에서 발걸음이 멈췄다. 주변에 문이 열린 곳은 이곳뿐이다. 지하로 내려가는 계단을 노란 불빛이 비추고 있었다. 가게 안이 따뜻할 것 같았지만 무턱대고 내려갈 수는 없었다. '미성년자 출입 금지'라고 적힌 스티커가 보였기 때문이다.

가게 입구 맞은편에 놓인 낡은 소파에 앉았다. 조금 있다 일어서야지, 하면서도 몸이 말을 듣지 않았다. 슬리퍼 앞쪽으로 튀어

나온 발가락이 시렸다. 오랜만에 뛰어서 그런지 다리가 후들거렸다. 배는 고픈 건지, 아픈 건지 구별을 할 수 없을 정도였다.

소파 옆으로 넘어질 뻔하며 퍼뜩 잠에서 깨어났다. 깜빡 졸았나 보다. 한 남자가 지하에서 올라온다. 비틀비틀, 옆에서 잡아 주지 않으면 쓰러질 것 같다. 눈을 비볐다. 커다란 키에, 검은 패딩을 입고 스냅백 모자를 썼다. 오른쪽 바지 주머니 밖으로 지갑이 튀어나와 있었다. 지폐를 접지 않고 그대로 넣는 긴 지갑. 나도 모르게 자리에서 벌떡 일어서 남자를 따라갔다.

'무슨 짓을 하는 거야? 정신 차려. 이제 집으로 돌아가.'

오랜만에 머릿속에서 목소리가 들렸다. 초등학교 1학년 때의 천사 같은 담임 선생님은, 양심이 내는 목소리에 귀를 기울이면 나쁜 짓을 막을 수 있다고 했다.

'닥쳐. 지갑을 손에 넣는다면 배가 터지도록 맛있는 걸 먹을 수 있어. 엄마가 말했잖아. 돈의 주인은 정해져 있지 않고 돌고 돌기 때문에 돈이라고.'

내 머릿속에는 착한 나도 있지만 나쁜 나도 있다. 둘은 같은 곳에 살면서도 사이가 나쁘다.

남자는 가로등도 없는 좁은 골목길에서 발걸음을 멈추고 전봇대에 몸을 기댔다. 오줌이라도 누려는 건가? 나는 천천히 남자에게 다가갔다. 손을 내밀면 지갑이 닿을 만큼 거리가 가까워졌다. 그러나 손은 주머니 속에서 꼼지락거릴 뿐이었다. 남자가 갑자기 바닥에 주저앉았다.

"아저씨, 괜찮아요? 어디 아프세요?"

그는 팔을 젓다가 내 어깨를 붙들었다. 구명조끼라도 되는 듯이 세게.

"목이 좀 말라서 그래."

남자는 창백한 얼굴에 날카로운 콧등, 광대뼈가 조금 튀어나와 있다.

"잠깐만요. 119를 부를게요."

"괜찮아. 올해는 내가 착한 일을 많이 한 것 같아."

남자가 말했다. 그게 무슨 뜻인지 알아차리기도 전에 그는 한쪽 손으로 내 어깨를 으스러질 정도로 세게 잡더니 다른 손으로 내 얼굴을 움켜쥐었다. 손길이 닿는 곳마다 소름이 돋았다.

"저리 비켜요!"

나는 있는 힘껏 옆구리를 밀었지만 그는 꼼짝도 하지 않았다. 내 어깨를 잡은 손에 힘이 더 들어갈 뿐이었다. 온 힘을 다해 사지를 바둥거렸지만 빠져나갈 수가 없었다.

그는 입을 벌렸다. 앞니와 어금니 사이에 기다란 송곳니가 보였다. 사나운 개의 송곳니처럼 날카로워 보였다. 핼러윈도 아닌데 뱀파이어 분장이라니 너무하잖아. 나는 팔에 주사를 맞을 때처럼 고개를 돌려 버렸다.

이가 목에 닿을 때만 하더라도 장난이라고 여겼지만 송곳니가 살을 찢고, 목을 사정없이 파고들어 버렸다. 이는 더 이상 파고들 곳이 없을 것 같은데도 수욱, 수우욱, 밀고 들어왔다. 그리고 내 몸속에서 무언가가 스르륵 빠져나가는 기분이 들었다. 비명을 지를 힘도 나지 않았다.

'거봐, 내 말을 들었으면 이런 일이 없었을 텐데.'

착한 내가 말했다. 이 녀석은 나쁜 일이 생기고 나서야 불평하는 버릇이 있다. 눈앞이 서서히 어두워졌다. 아무리 외로워도 집에 혼자 있을 걸 그랬다.

*

눈을 떴다. 나는 등받이가 뒤로 젖혀진 일인용 소파에 누워 있다. 창문이 없는 벽은 책으로 가득 차 있다. 은은한 독서등이 묵직해 보이는 나무 테이블 위에 놓여 있어 아늑한 기분마저 들었다. 난로를 켰는지 공기도 따뜻했다. 우리 집은 입김이 나올 정도로 썰렁한데.

나는 소파에서 벌떡 일어났다. 남자는 신기한 동물을 구경이라도 하는 눈빛으로 나를 쳐다보았다.

"괜찮아?"

땡, 하고 벨소리가 났다. 남자는 소리가 나는 쪽으로 사라지더니 잠시 후 쟁반을 들고 왔다. 고소한 치즈 냄새가 났다. 피자다!

배가 뒤틀리면서 꼬르륵 소리를 냈다. 테이블에 쟁반이 놓이자마자 허겁지겁 피자를 입에 쑤셔 넣었다. 치즈가 쭉쭉 늘어나고 파인애플 향이 입에 가득 퍼지는 하와이안 피자. 정신을 차리고 보니 손가락에 묻은 소스를 핥고 있었다. 부끄럽게도.

그는 물컵을 내밀었다. 벌컥벌컥 한 잔을 다 비운 뒤에도 갈증은 가시지 않았다. 이럴 땐, 얼음이 가득한 콜라를 마셔야 하는데. 자리에서 일어나려다 풀썩, 소파에 쓰러졌다.

"빈혈 증세니까 조금 쉬어."

따르르르릉, 전화벨이 울렸다. 그는 책상으로 가더니 전화를 받았다. 텔레비전에서나 보던, 오래된 검정색 유선 전화기였다. 이상했다. 젊은 남자가 고전적인 방에 살고 있다니.

"K입니다."

그는 알아듣지 못할 정도로 조용히 통화를 했다. 전화를 끊고 난 후, 책상에 기대어 한참 동안 나를 바라보았다. 어떻게 벌을 줄지 궁리하는 선생님처럼.

"신영수. 나이는 열다섯. 곧 중학교 2학년이 되는군. 엄마는 집을 나갔고 아빠는 없음. 딱히 친한 친구도 없음. 초등학교 때는 아이들에게 괴롭힘을 많이 당했네."

"혹시, 저를 아세요?"

"그럼. 네 피를 마셨으니 다 알지. 착한 일을 했는지, 나쁜 짓을 했는지. 산타보다 더 정확할걸?"

산타라고 하기엔 너무 젊다. 호리호리한 체격에, 키도 크다. 턱선이 가늘고 코도 오똑하다. 엄마가 좋아하는 남자 배우와 닮은 것 같다. 하지만 그 배우는 로맨틱 코미디에 주로 나오지, 공포 영화엔 어울리지 않는다.

그는 내게 다가와 명함 한 장을 내밀었다. 하얀 종이 한가운데 검은색으로 알파벳 'K'가 박혀 있었고 그 아래에는 070으로 시작되는 전화번호가 적혀 있었다. 그뿐이었다. 회사 이름이나 주소도 없었다.

"나는 사라진 사람들을 찾아 주는 일을 하고 있지. 누군가를 찾고 있는 사람들의 피가 가장 맛있거든. 돈도 벌고, 의뢰인이 자발적으로 헌혈을 하니 일석이조야. 뱀파이어라고 함부로 사람들의 목을 물다가는 병원이나 감옥에서 평생을 썩겠지. 머리를 써야 살아남을 수 있어."

책장이 저절로 스르르 열리더니 뒤쪽으로 새로운 공간이 나타났다. 라벨이 붙어 있는 손바닥만 한 비닐 팩이 가지런히, 칸칸이 들어가 있다. 붉은 액체가 든 팩이 은은한 조명을 받고 있었다. 그는 마치 고급 와인을 자랑하는 것처럼 뿌듯한 표정을 지었다.

"마시고 싶으면 언제든지 말해. 최적의 온도로 신선함을 유지하고 있어."

내가 아무 대답이 없자 책장이 다시 닫혔다. 책상 어딘가에 버튼이 있는 게 틀림없다.

"너를 물게 된 건 미안하다. 요즘 내가 몸이 좋지 않거든. 심장이 좋지 않아 쓰러졌지. 큰일 날 뻔했어. 비상 혈액을 갖고 있지 않았거든. 크리스마스 선물처럼 그 자리에 딱, 네가 나타나다니."

나는 목을 더듬더듬 만져 보았다. 그가 물었던 자리에 반창고가 붙어 있었다.

"경찰을 부를 거예요!"

"좋은 쪽으로 생각해. 새롭게 살아갈 기회일지도 모르니까."

"집에 갈래요."

여기에 더 있으면 상상할 수 없는 나쁜 일을 당할 것 같다.

"서운한데? 나는 좀 더 이야기를 나누고 싶었는데. 크리스마스에서 연말까지는 고객이 통 없거든. 어쩔 수 없지. 택시 불러 줄게."

나는 자리에서 주춤주춤 일어났다. 그는 내게 다가오더니 슬쩍 손을 내밀었다. 가늘고 긴 손가락으로 오만 원짜리 지폐 한 장을 건네줬다. 꽉 쥐었던 주먹이 스르르 풀려 버렸다.

"메리 크리스마스."

그의 말에 하마터면 고맙습니다,라고 대답할 뻔했다. 나는 돈을 주머니에 쑤셔넣고 한 발짝 앞으로 걸었다. 뒤를 돌아보지 않으려 했지만 그가 나를 바라보고 있는 게 느껴졌다. 손잡이를 돌려 문을 열었을 때 그가 말했다.

"잠깐. 궁금한 게 있는데."

'못 들은 척하고 도망가! 이상한 남자가 틀림없어!'

"엄마를 찾고 싶은 건가? 아니면…… 아빠?"

착한 나의 말을 무시하고 자리에서 멈췄다.

"누가 그래요? 저도 이제 다 컸다고요. 혼자 잘 살 수 있어요."

"사람들은 이상해. 나이가 적건 많건, 자기 자신을 속이는 데는 도사야. 하지만 피를 속일 수는 없지. 잊고 싶은 것, 숨기고 싶은 것들도 피를 마시면 다 알 수 있어."

정말로 다 알 수 있다고?

"엄마가 어디에 있는지 아세요?"

"사라진 사람들은 생각보다 가까운 곳에 있어. 다들 아주 먼 곳에 숨어 버렸다고 생각하지. 마치 다른 행성에라도 간 것처럼. 네가 나를 도와주면, 나도 너를 도와줄 수 있을 거다. 사건 의뢰는 점점 늘어나는데 몸이 예전 같지 않거든. 아르바이트라고 생각해도 좋고. 급여는 현금으로, 보너스는 피로 줄 수 있어. 어때? 괜찮은 조건 아닌가?"

'마음 약해지지 마. 도와 달라는 건 미끼일 뿐. 정신 나간 사람이 무슨 짓을 시킬지 어떻게 알아?'

나는 뒤를 돌아보지 않고 소리 나지 않게 문을 닫았다. 문 한가운데 'K'라는 알파벳이 박혀 있었다. 문은 복도를 사이에 두고 양쪽으로 서너 개씩 더 있었다. 다른 문에는 다른 알파벳이 붙어 있었다. 'P', 'J', 'Q'…….

복도 끝엔 위층으로 가는 계단이 보였다. 계단 중간에 노란 전등이 달려 있고, 비릿하고 습한 냄새가 났다. 이곳은 지하였다. 내가 사는 곳처럼. 계단을 껑충껑충 뛰어 지상으로 올라왔다.

고개를 들어 보니 부산 타워가 불을 밝히고 있었다. 크리스마스라 붉은빛, 초록빛 조명이 달려 있었다. 전망대 꼭대기에 가 본 적이 있다. 망원경으로 시내도 둘러보고, 아래층에서 팥빙수도 먹었다. 입 안에서 살살 녹는 달콤한 팥빙수…… 눈앞에 하얀 것이 살랑살랑 내려와 얼굴에 닿았다.

눈송이였다. 나도 모르게 입을 벌렸다. 팥빙수 맛이 아니라 먼지 맛이 났다. 눈앞이 흐릿해졌다. 온몸에서 힘이 빠졌다. 내 몸이, 더 이상 내 몸이 아닌 것 같았다.

빵, 하는 경적 소리에 정신을 차렸다. 눈은 온데간데없이 사라져 버렸다. 택시가 나를 기다리고 있었다. 나는 문을 열고 차에 올라탔다.

"우주맨션으로 가 주세요. 빨리요, 아저씨."

7

우주맨션은 지은 지 삼십 년이 훌쩍 넘었다는데, 지을 당시에는 이 동네에서 유일한 맨션이었다고 한다. 엘리베이터가 없는 5층 건물에 가, 나, 다 세 동이 ㄷ 자 형으로 자리 잡고 있다. 각 층에는 두 가구가 살고 지하층에는 한 가구만 산다. 우리 집은 가운데에 있는 나 동의 지하실 B101호다. 수원, 오산, 화성 등 서울 주변 도시를 전전하던 우리는, 삼 년 전에 부산으로 이사를 왔다.

엄마는 괜찮은 일거리가 있어서라고 했지만 나는 믿지 않았다. 옷 가게 점원, 마트 판매원, 카페의 바리스타……. 엄마는 일은 끊임없이 하는데 오래가지를 못했다. 시간을 죽이는 일 따위는 지긋지긋해서 제대로 된 일을 하고 싶다고 입버릇처럼 말했다.

우리 집 사정이 점점 나빠지고 있다는 것은 식탁에서 쉽게 알 수 있었다. 고기 대신 소시지, 소시지 대신 어묵, 나중에는 단무지

와 말라 빠진 멸치 반찬밖에 없었다. 김치도 없이 컵라면으로 사흘을 견딘 적도 있다. 그래도 엄마는 대책 없이 긍정적이었다.

"엄마가 어릴 적에 컵라면은 특별한 날에만 먹을 수 있을 정도로 귀했어. 이렇게 맘껏 먹게 될 줄은 몰랐네?"

엄마는 내 또래의 엄마들보다 훨씬 젊다. 때로는 이모라고 오해받을 정도다. 하지만 부산으로 이사 올 무렵엔 엄마도 좀 나이 들어 보였다. 엄마는 오랫동안 거울 앞에 앉아 자신의 얼굴을 한참 동안 들여다보곤 했다.

엄마는 삼촌의 소개로 이 집을 구했다고 한다. 재개발 예정 지역이라 집세도 굉장히 싸고, 가구와 전자 제품도 쓸 수 있어서 운이 좋았다나? 지하실이지만 1층 같은 지하실이라고 엄마는 강조했다. 맨션의 하단부가 높아서 1층이 실제로는 2층 높이라 지하는 사실상 1층이나 다름없다고 했다.

"나한테 삼촌이 있어요?"

"그럼. 나보다 두 살 많은 오빠지. 꼭 피가 섞여야 가족인 건 아냐. 필요할 때 도와줄 수 있다면 가족이나 다름없지. 부산은 엄마에게 고향이나 마찬가지야."

우리 집은 아빠도 없지만 할머니도, 할아버지도, 사촌이나 친척도 없었다. 이상하다고 생각하면서도 엄마에게 물어보지 않았다. 나는 태어날 때부터 없는 것투성이었으니까.

"혹시 알아? 부산에서 아빠가 생길 수도 있어. 너도 이제 아빠가 필요할 나이잖아.”

엄마는 무엇이든 자기식으로 편하게 해석한다. 혹시 아빠가 필요한 건 내가 아니라, 엄마가 아닐까?

새 학교는 언덕 아래쪽 십오 분 정도의 거리에 있었다. 등교할 때엔 아스팔트 길을 후다닥 내려가면 되지만 집으로 돌아오는 오르막길은 힘들었다. 차가 다니지 않는 골목길을 돌아가면 그나마 견딜 만했다. 갈라진 시멘트 담장 틈새로 잡초를 뜯거나, 라디오 소리가 희미하게 들리는 담장 너머의 집을 슬쩍 기웃거리다 보면 힘든 걸 잊게 되니까. 사람이 살 것 같지 않은 집에서 불쑥 할아버지가 튀어나오면 냅다 도망을 갔다. 마치 유령이라도 본 것처럼.

학교에서 별명이 생겼다. 부반장 민석이가 지어 준 거다.

“어이, 지하 소년. 학교에 오면 햇볕 좀 쬐고 그래. 표정도 그렇고, 전체적으로 왜 이리 칙칙하냐?”

우주 소년, 서울 돼지, 박쥐…… 별명의 변종은 여럿 생겼지만 지하 소년이 대표로 자리를 잡았다. 지각을 자주 하는 것도, 안경을 끼는 것도, 심지어 살이 찐 것도 지하에서 살기 때문이란다. 아무튼 별로 친하지도 않은데 별명을 지어 줘서 고맙다고 해야 할 지경이었다. 재미로 부르든 놀리면서 부르든, 누가 나를 지하 소년이라고 부르면 쑥스럽게나마 알은척을 할 수 있었으니까.

민석이가 우주맨션에 살고 있다는 건 나중에야 알게 되었다. 주번이라 평소보다 일찍 집을 나섰는데, 계단에서 내려오는 녀석과 딱 마주친 것이다. 민석이는 내가 투명 인간인 것처럼 못 본 척 지나갔다. 그 녀석은 같은 동의 꼭대기 층에 살고 있었다. 공부도 잘하고 아이들에게 인기도 많으면서 우주맨션에 사는 게 부끄러웠나 보다. 나보다 일찍 집을 나서고, 나보다 늦게 집에 들어가니 서로 마주칠 기회가 없었던 것이다.

어느 날, 수업을 마치고 다른 아이들에게 들리도록 내가 말했다.

"어이 부반장, 같은 맨션에 사는데 왜 반대 방향으로 가니? 사이좋게 같이 가자."

녀석의 얼굴이 벌게졌다.

"누가 그런 재수 없는 곳에 산다고 그래? 나, 학원 가야 해. 따라오지 마."

그날 이후, 아이들이 나를 대하는 태도가 달라졌다. 필통이나 노트가 쓰레기통에 처박혀 있는 건 넘어갈 수 있다. 하지만 아무도 나에게 말을 걸지 않는 건 신경 쓰였다. 내가 말이라도 걸까 봐 슬금슬금 피하는 걸 보면 나를 무시하는 게 아니라 무서워하는 것 같았다. 마치 내가 전염병이라도 옮기는 사람인 것처럼.

엄마에게 이사 가자고 졸랐다.

"학교에서 문제라도 있는 거니?"

"학교 수준이 너무 낮아요. 애들이랑 어울리기도 힘들고. 전학생의 학교생활은 생각보다 만만찮다고요."

엄마는 내 머리를 쓰다듬었다.

"하긴 너도 힘들겠다. 하지만 어쩌겠어? 어른으로 사는 것도 만만치 않아. 하고 싶은 일은 점점 사라지고, 해야 할 일만 생기니까."

엄마에게 말해서 해결이 될 거라는 기대는 하지 않았다. 선생님도 마찬가지. 고자질쟁이로 낙인찍혀 봐서 잘 알고 있다. 괴롭힘을 당하는 건 나인데, 선생님에게 말하는 순간 어쩐지 내가 잘못한 것처럼 느껴졌다. 나만 견디면 모든 게 정상인데 내가 참지 못하는 게 문제라는 듯. 언제나 그랬다. 괴롭힘을 당하는 사람이 잘못인 것이다.

따돌림이 시작되고 한 달쯤 지났나? 항상 머리를 묶고 다니는 내 짝 민아가 메모지에 삐뚤삐뚤 홈페이지 주소를 적어 슬쩍 내 쪽으로 내밀었다. '미안'이라는 말도 덧붙여서. 집으로 돌아와 접속해 보았는데 '지하 소년의 진실을 밝힙니다'라는 이름의 카페였다.

필독 공지, 소문과 진상, 처단 일지, 일급비밀 등의 메뉴가 있었다. 가입을 해야 대부분의 메뉴에 접근할 수 있어서 가입 신청을 했다. 카페 멤버가 열다섯이니 우리 반 아이들 중 일곱 명을 제외하고는 나도 모르는 내 이야기를 수군거리고 있었던 셈이다.

차라리 몰랐으면 좋았을걸, 다음 날부터가 더 지옥이었다. 우리 반 아이들이 나만 알아듣지 못하게 서로 속삭이는 것만 같았다.

수업 시간에도, 쉬는 시간에도, 점심시간에도. 담임 선생님도 카페 멤버가 아닌지 의심이 들었다. 조용한데도 귀를 막아야 할 정도로 시끄러웠다. 진짜다.

"신영수!"

선생님이 나를 부르자 일제히 아이들이 나를 주목했다.

"왜 귀를 막고 있지? 유령의 소리라도 들리는 거야?"

키득키득, 아이들이 웃었다. 선생님도 미소를 지었다. 매번 시시한 농담으로 아이들을 억지로 웃게 만들다가 이번에는 농담이 제대로 먹혔다고 생각한 것 같았다.

카페의 존재를 알게 된 며칠 후, 인적이 드문 골목길에서 민석이와 마주쳤다. 어두운 숲에서 먹잇감을 기다리는 늑대처럼 나를 기다리고 있었다.

"용감한 거냐, 아니면 순진한 거냐? 팬 카페에 주인공이 가입 신청을 하다니 몸 둘 바를 모르겠네."

역시, 예상대로 녀석이 카페 매니저였구나.

"소문의 진상을 댓글로 알려 주고 싶어서."

"서울 애들은 너처럼 다 뻔뻔한가? 아무런 반응이 없어서 민아에게 카페 주소를 알려 주라고 했다. 레벨 업을 걸고."

그렇구나. 민아가 나를 걱정해 준 게 아니었구나.

"뭐, 반응을 할 가치가 있어야지. 촌놈들은 노는 것도 촌스러워서 말이지."

나는 운동화로 바닥을 툭툭 찍었다. 시멘트 틈 사이로 비집고 자라난 풀이 뭉개졌다.

"서울에서 쫄딱 망해서 도망치듯 내려왔다며? 집에서는 한 끼도 못 먹기 때문에 학교에 나오는 거 다 알고 있어. 점심 급식도 꼭 두 번씩 먹잖아."

체한 것처럼 속이 더부룩해졌다. 몸이 부들부들 떨리면서 귀에서 위이잉, 하고 고주파가 울렸다.

"억울하면 한번 때려 보시든가. 맞아 줄게."

민석이가 말했다. 열중쉬어 자세를 하고서.

"응?"

"먼저 마음껏 때려 보라고. 그래야 내가 정당방위로 반격을 하지."

'기회다. 주먹을 날려.'

누군가 내게 속삭였다. 주변을 두리번거렸지만 내게 말을 건넨 사람은 보이지 않았다.

'녀석에게 맞고 나면 힘이 빠져 공격을 할 수도 없어.'

"닥쳐. 뭐라는 거야?"

내가 말하자 민석이의 얼굴에 웃음기가 사라졌다.

"너에게 한 말이 아냐."

나는 책가방을 녀석에게 힘껏 던졌다. 녀석이 두 팔로 책가방을 막으려는 사이 후다닥 달려가 발차기를 했다. 혹은 그랬다고 생각했다. 영화에서처럼 공중으로 부웅 떠서 한 방에 적을 물리치는 것이다. 번쩍, 하는 섬광이 눈앞에서 일어났다. 내가 너무 세게 찼나? 꼼짝도 못 한 채 온몸을 바르르 떨었다. 왜 움직일 수가 없는 거지? 아랫배가 묵직하니 저렸다.

"바보. 내가 맞고 있을 줄 알았냐? 이래 봬도 태권도 검은 띠다. 발차기를 왜 그렇게 어설프게 하냐? 앞차기는 기본기 중의 기본기라고."

녀석은 휴대폰을 들고 내 주변을 빙글빙글 돌았다. 생생한 표정을 담기 위해 얼굴을 클로즈업하기도 했다.

"대박! 처단 일지에 올릴 동영상을 건졌어. 어른들에게 일러바치기 없기다. 그러면 전교생을 카페에 다 가입시킬 테니까. 내 말 똑바로 들었어?"

고개를 끄덕이려고 해도 제대로 되지 않았다. 부끄러워서 도망을 치고 싶었을 뿐이다.

8

택시는 시장을 통과해 경사가 높은 오르막길을 힘들게 올라갔다. 그리고 나를 우주맨션에 내려 두고 도망치듯 사라졌다.

나는 비틀비틀 집으로 들어가 침대에 파묻혔다. 잠을 자는 것도 아니고 깨어난 것도 아닌 상태로 땀을 뻘뻘 흘리다, 벌벌 떨다가를 반복했다. 피부가 따끔거리고 온몸의 관절이 비명을 질러 댔다. 지독한 독감 바이러스가 내 몸에 침입한 것 같았다.

겨우 정신을 차리고 보니 다음 날 저녁 일곱 시 반. 이불에서는 쿰쿰한 냄새가 나고, 베개는 침으로 얼룩져 있었다. 방 안은 벗어 놓은 옷들로 발 디딜 틈이 없었다. 화장실로 후다닥 달려가 거울 앞에서 입을 벌려 봤다. 송곳니는 솟아나지 않았다. 목에 붙어 있었던 반창고 역시 보이지 않았다. 자세히 보니 그곳이 조금 부어 있는 것도 같았다.

도대체 무슨 일이 일어났던 걸까?

K와의 대화를 곰곰이 떠올려 봤다. 송곳니와 목덜미의 상처. 그리고 피 이야기. 휴대폰을 집어 들고 검색을 했다. 뱀파이어, 흡혈귀, 사람에게 물렸을 때…… 뱀파이어는 세계 여러 나라에서 약간씩 변형되어 전해 내려온 전설이었다. 19세기 초에 소설로 나오면서 현재의 모습으로 완성되었고, 영화를 통해서 사람들에게 널리 알려졌다.

실망했다. 뱀파이어는 사람이 상상으로 만들어 낸 괴물이구나. 실제하는 존재가 아니구나. 그저 심심풀이로 소비할 뿐이다. 공포 소설로, 로맨스 영화로, 살상 게임으로.

뱀파이어에게 물리면 어떤 증상이 생기는지, 혹은 어떤 능력이 생기는지, 밤에만 돌아다닐 수 있는 건지, 나이는 먹지 않는지…… 계속 검색했다. 설정은 제각각이었지만 공통점을 몇 개 찾아냈다. 살아 있는 사람의 피를 마셔야 생명이 유지된다. 뱀파이어가 된 순간부터 늙지 않고 영원히 살 수 있다. 힘이 세지는 것은 기본이고 하늘을 나는 뱀파이어도 있다. 햇빛, 마늘, 십자가 따위에 약하지만 과학 기술로 극복한 사례도 있었다. 하지만 부산에 사는, 심장병에 걸린 뱀파이어에 대한 이야기는 없었다.

진짜로 내가 K를 만나긴 했을까? 확신이 서지 않았다. 혼자 오랫동안 집에 처박혀 있어서 정신이 좀 이상해졌을지도 모른다. K가 준 명함이 떠올랐다. 그래, 그거면 된다. 내가 미치지 않았다는 증거. 그러나 아무리 주머니를 뒤져 봐도 명함은 찾을 수가 없었다. 점퍼와 바지, 심지어 거실과 부엌, 바닥을 샅샅이 뒤져도 나오지 않았다. 널브러진 옷, 페트병, 컵라면 용기와 피자 박스, 정체를 알 수 없는 음식물 쓰레기와 얼룩을 발견했을 뿐이다. 주머니 속에서 지폐 몇 장이 나왔다. K가 줬던 오만 원짜리를 택시비로 내고 남은 거였다. 나는 한참 동안 지폐를 살펴보았다. 손에 꼭 쥐고 다시 펴 보아도 그대로 있었다.

문을 열고 밖으로 나갔다. 맨션 앞의 길을 천천히 걷다가 달려 보았다. 백 미터 달리기를 하는 것처럼 최고 속력으로. 숨이 덜 차는 것 같기도 하고, 어쩐지 조금 빨라진 것 같기도 했다. 사거리 한 귀퉁이에 자리 잡은 슈퍼마켓이 보였다. 이른 저녁인데도 셔터가 굳게 닫혀 있었다. 셔터에 힘껏 부딪쳐 보았다. 셔터가 출렁거리며 자물쇠가 뚝, 끊어졌다.

나는 슬며시 셔터를 올리고 가게 안으로 들어갔다. 위이이잉, 경보라도 울릴 줄 알았는데 조용하다. 휴대폰의 플래시를 밝혀 보니 물건이 거의 다 사라진 가게 내부가 보였다. 앞쪽의 초코바 코너도 과자와 라면이 잔뜩 쌓여 있던 곳도. 우유와 맥주로 가득 찼던 냉장고도 텅 비어 있다.

가게 한구석에서 과자 봉지 몇 개를 발견했다. 하나를 뜯어 우적우적 씹어 먹었다. 유통 기한이 지난 건가? 맛이 없다. 목이 턱 막혀, 반쯤 남은 생수를 들이켰다. 그때 안쪽에서 드르륵, 문이 열리는 소리가 들렸다. 플래시 불빛이 이리저리 정신 사납게 춤을 춘다.

"누구야?"

주인아저씨의 목소리가 틀림없다. 마당을 사이에 두고 슈퍼와 집이 연결되어 있다는 걸 깜빡했다. 문 쪽을 바라보니 셔터가 반쯤 내려와 있다. 그쪽으로 가다간 잡힐 게 뻔하다. 정면 돌파를 해 볼까?

'미쳤어? 아저씨의 팔뚝이 얼마나 굵은지 네가 더 잘 알 텐데. 빨리 숨어.'

초콜릿을 훔치다 아저씨에게 목덜미를 잡힌 적이 있다. 엄마가 구해 주지 않았다면 몇 대 맞았을지도 모른다.

재빨리 냉장고 속으로 들어가 유리문을 닫았다. 소리나지 않게 조심조심. 내 키가 조금만 더 컸다면 몸을 구겨 넣을 수가 없었을 거다. 뭔가 썩어 가는 냄새가 나지만 참자, 조금만 참자. 아저씨가 내 앞을 지나간다. 냉장고 문을 잡은 손이 부들부들 떨린다. 전원이 들어오지 않아 춥지도 않은데. 내가 진짜로 먹고 싶은 게 무엇인지 알게 되었다.

*

5학년이 되면 모든 게 다 나아질 거라고 생각했는데, 민석이와 나는 다시 같은 반이 되었다. 학년마다 여섯 반이었는데 육분의 일 확률을 우습게 생각했나 보다. 삼 년, 심지어 사 년 동안 같은 반이 된 아이들도 있는데 말이다.

민석이는 부반장에서 반장으로 업그레이드되고, 나는 여전히 지하 소년에 머물렀다. 나는 아이들에게 쉽게 말을 걸 수가 없었다. 한동안 보이지 않는 아이 취급을 받다 보니 살아 있어도, 죽어 지내는 기분이었다. 팬 카페의 일급비밀 코너에는 내가 유령이라는 제보가 들어왔을지도 모른다.

학년이 올라가자 엄마는 용돈을 조금 올려 주었지만 그 용돈의 절반은 민석이의 수중으로 들어갔다. 민석이는 내게 뺏은 돈으로 한 달에 한 번, 반 아이들에게 햄버거나 치킨을 돌렸다.

"내가 돈을 뺏는 게 아냐. 우리 반 아이들의 단합을 위해서 네가 기부하는 거지. 그렇지? 맞지?"

그럼 그럼, 반장 말이 틀릴 리가 없지. 민석이는 공부도 잘하고 아이들에게 인기도 많았다. 선생님도 급한 일이 있으면 민석이에게 우리 반 아이들을 맡겨 놓고 나갔다.

"너 같은 놈에게 관심을 가져 주는 나를 감사하게 생각하라고. 나 아니면 덩치 큰 녀석들이 너를 가만 둘 것 같냐?"

6학년 때 민석이는 다른 반이 되었다. 하지만 나는 민석이와 같은 학원을 다녀야 했다. 나도 수학 실력이 부족하지 않냐면서 함께 다니자고 했다. 아니, 강요했다. 그래야 일주일에 세 번씩 만날 수 있다면서. 자주 보지 않으면 멀어져서 우정을 쌓아 갈 수 없고 그러면 이십 퍼센트 인상된 내 용돈을 나눠 쓸 수 없다면서.

민석이와 연락이 끊어진 건 중학교에 올라가기 직전, 민석이네 가 이사를 가면서다. 지지부진하던 우리 동네 재개발 계획이 확 정되면서 우주맨션에 살던 사람의 절반 이상이 이사를 갔다. 다 툼이 끊이지 않던 주차장에 빈자리가 생길 정도였다. 그 많던 사 람들이 다 어디로 사라졌는지 궁금했다. 엄마와 나는 여전히 이 곳을 떠날 수 없는데 말이다.

녀석에게서 연락이 올 것 같아 조마조마했지만 아무 소식이 없 었다. 솔직히 말하면 조금 서운하기도 했다. 나를 괴롭히긴 했어 도 부산에 전학을 와서 유일하게 친구라고 부를 수 있는 아이였 으니까.

자, 이제 내가 민석이에게 연락을 할 차례다. 문자를 보낼까 하 다가 그냥 전화를 걸었다. 언제 어디서나 남을 돕는 반장은 오랜 만에 나를 도와줄지도 모른다. 아니, 도와주어야 한다.

나는 주소록에서 민석이의 이름을 찾아내 통화 버튼을 눌렀다. 한참 동안 통화 연결음이 울리다 딸깍, 전화를 받았다.

"어이 지하 소년, 오랜만이다. 살아 있었구나!"

귀에서 휴대폰을 떼어 내야 할 정도로 반장의 목소리가 크게 들렸다. 나도 모르게 침을 꿀꺽 삼켰다.

"응, 아직까지는."

그리고 침묵. 나는 떨리는 목소리로 물었다.

"혹시 오늘 밤에 시간 있니?"

9

민석이와 함께 다니던 학원 앞에 스물네 시간 문을 여는 맥도
날드가 있다. 쉬는 시간에 후다닥 햄버거를 먹곤 했다. 돈은 항상
내가 냈다. 물론 쓰레기도 내가 치웠다. 그곳에서 민석이를 만나
기로 했다.

녀석은 약속 시간보다 이십 분 늦게 도착했다. 그사이에 나는
빅맥 세트를 해치우고 감자튀김을 하나 더 시켜 먹었다. 민석이
가 내 머리를 툭, 치며 앞에 앉았을 때 하마터면 못 알아볼 뻔했
다. 키도 홀쩍 큰 데다 코 밑에 수염이 거뭇거뭇 보였다. 머리카락
이 짧아졌고 광대뼈도 예전보다 튀어 나와 있었다. 목 폴라 셔츠
에 체크무늬 코트를 입은 민석이가 날 내려다봤다.

"지하 소년, 넌 그대로구나. 여전히 햄버거를 좋아하나 보네. 안
본 사이에 살이 더 쪘다."

녀석은 어제까지도 나를 본 것처럼 친근하게 말했다.

"너도 먹을래?"

"아니, 됐어. 어린애처럼 무슨 햄버거냐?"

막상 녀석이 앞에 있으니 주눅이 들었다. 내가 입은 후드 티셔츠에서 기분 나쁜 냄새가 나는 것 같았다. 당연하다. 언제 빨았는지 기억도 나지 않는다.

"아직도 우주맨션에 사는 거야?"

나는 고개를 끄덕였다.

"다들 이사 가서 몇 집밖에 안 남았어."

"거기 귀신은 안 나와?"

바보. 귀신보다 내가 더 무서울 텐데. 민석이는 감자튀김을 새빨간 케첩에 찍어 먹었다. 얼음만 남은 콜라 컵을 빨대로 빨면서 계속 녀석의 목덜미를 바라보았다. 말을 할 때마다 시퍼런 핏줄이 살짝, 튀어나오는 게 보였다. 저걸 물면 피가 분수처럼 솟구칠까? 녀석의 피는 어떤 맛일까? 얼음만 남은 콜라 컵에 피를 담아야 하나? 꿀꺽꿀꺽, 피는 무료로 리필이 되나요?

"옛날 기억이 새록새록 나네. 안 그래도 돈이 급하게 필요했는데 기막힌 타이밍에 전화를 주고. 역시 너는 내 친구다. 약속한 돈은 가져왔겠지?"

전화를 걸었을 때, 녀석은 불쑥 돈을 좀 달라고 했다. 마치 맡겨 놓은 돈을 찾는 듯 당당하게.

"급하게 오느라 현금을 못 뽑았어. 일어날까?"

우리는 자리에서 동시에 일어났다. 예전에 녀석의 키는 나하고 비슷했는데 이젠 십 센티는 더 커 버린 것 같았다. 나는 녀석의 옆구리를 툭 쳤다. 예전에 녀석이 내게 그랬던 것처럼. 녀석은 나를 흘겨보았다. 나는 배시시 웃었다.

"그냥 가면 어떡해? 쓰레기 좀 치워 줄래?"

녀석은 어이없는 듯 나를 보더니 트레이를 들고 가서 그 위에 있는 걸 몽땅 쓰레기통에 집어넣었다. 음료수는 따로 버려야 하는데, 그것까지 지적하지는 못했다. 녀석이 내 말을 듣다니, 자신감이 생겼다. 계획대로 하는 거다.

내가 앞장을 서고 녀석이 뒤를 따랐다. 버스 종점을 지나 편의점과 빵집을 통과해 시장 골목에 접어들었다. 낮에는 사람이 북적거려 걷기 힘든데 밤이라 어둡고 한산했다. 정육점에서 좌회전, 여기서부터 오르막길이다. 초등학교 시절 수없이 오르락내리락했던 그 길.

"야, 거긴 현금 지급기가 없잖아? 편의점 가면 되는데 어딜 가는 거야?"

민석이가 뒤에서 소리쳤다.

"으응, 거긴 수수료가 비싸서. 거래 은행의 현금 지급기에 가면 무료야."

"어휴, 지질하기는. 넌 옛날이나 지금이나 똑같다."

녀석을 이 골목길로 유인하기 위해서 거짓말을 했다. 다행히 녀석은 의심 없이 따라왔다. 녀석과 용돈을 나눠 썼을 때, 이 동네에서 가장 싼 이발소에 다닌 걸 아는지 모르겠다. 단정하게만 해 달라고 아무리 부탁해도 머리를 빡빡 밀어 줬던 그 이발소. 이 골목에 있었는데 간판이 사라져 버렸다.

여기쯤인가? 낮은 지붕의 집들이 빼곡히 들어차 있지만 불이 켜진 집은 없다. 지나가는 사람도 당연히 없다. 가로등은 꺼져 있다.

"야, 그냥 내려가자. 내가 만 원 빼 줄게. 학원 시간에 늦는단 말이야."

찰칵, 하는 소리와 함께 민석이의 얼굴이 환해졌다. 녀석이 라이터를 켜고 담배에 불을 붙인 것이다.

"여기가 어딘 줄 알아?"

내가 물었다.

"지긋지긋한 옛 동네지. 휴우. 내년이면 여기도 다 싹쓸이되고 깨끗한 새 아파트 단지가 들어서겠네. 서른네 평짜리라던가? 우리는 아파트를 분양받았으니까 이사 올 건데, 너는 못 오지?"

"으, 응."

"얼마를 더 바라고 버티는 거냐? 너희 같은 사람들 때문에 아파트 공사가 지연되고 있다고 엄마가 그러던데."

녀석이 담배 연기를 뿜었다. 고개를 돌렸지만 연기 때문에 기침이 나왔다.

"이사 가더니 너, 좀 변한 것 같다. 무슨 일 있었어?"

"중학교 생활이 장난 아니라는 거 알지? 가끔씩 나쁜 짓 하나 정도는 해 줘야 이 생활을 견딜 수 있어. 너도 마찬가지 아냐?"

맞아. 나도 나쁜 짓 하나 정도는 할까 싶은데. 담배꽁초가 작은 폭죽처럼 포물선을 그리며 땅바닥에 떨어졌다. 그게 신호라도 된 듯, 나는 온몸에 힘을 실어 녀석의 어깨를 밀었다. 녀석의 등이 벽에 픽, 닿자 시멘트 부스러기가 후두두 떨어졌다. 굉장하다. 내게 이런 용기가 있었다니!

"뭐 하는 거야?"

나는 양손으로 녀석의 어깨를 벽에 단단히 고정했다.

"여기가 바로 우리 우정이 시작된 곳이야. 밤이니까 못 알아보겠어?"

나는 그대로 녀석의 목에 얼굴을 파묻었다. 키가 작아서 고개를 숙일 필요도 없었다. 입을 쩍 벌리고 그대로 목덜미를 콱, K가 나에게 그랬던 것처럼 콱, 물었다. 피 냄새가 날 줄 알았는데 땀 냄새와 담배 냄새뿐이다. 이가 피부를 파고들어서 핏줄을 끊어야 했는데. 상처도 못 내고 잇자국만 낸 것 같다.

"미친놈! 왜 남의 목을 물어! 변태냐?"

픽, 소리와 함께 배에 엄청난 통증이 느껴졌다. 녀석의 앞차기에 또 당했다. 나는 데굴데굴 바닥에 나뒹굴었다. 계획 수정이 필요하다.

"네가 무슨 뱀파이어야?"

"어떻게 알았어?"

역시 반장은 모르는 게 없구나.

"목도 못 무는 게 무슨 뱀파이어야?"

퉤, 녀석이 침을 뱉었다. 끈적한 가래가 얼굴에 달라붙었다. 얼른 소매로 닦아 냈지만 고약한 담배 냄새는 사라지지 않았다. 녀석이 발걸음을 돌려 골목길을 내려갔다. 나는 자리를 털고 일어났다.

'잡아. 먹잇감을 절대로 놓치지 마.'

나쁜 내가 말했다. 내리막길을 후다닥 달려가 점프를 해서 녀석의 등을 발로 찼다. 아니, 찼다고 생각했다. 실은 녀석보다 한두 발짝 앞에서 발을 헛디뎌 데구루루 굴렀다. 녀석은 나를 휙 돌아보더니 고개를 절레절레 흔들었다.

나는 온 힘을 다해 벽을 잡고 일어나 녀석에게 다가갔다. 진짜로 피가 마시고 싶은 건지, 녀석을 혼내 주고 싶은 건지 헷갈렸지만. 어느새 난 맨발로 걷고 있었다. 운동화가 어디로 날아갔는지 모르겠다. 양말도 신지 않아서 얼음 위를 걷는 것처럼 차갑다. 한 걸음 한 걸음 팔을 뻗으면 닿을 정도로 우리 사이는 가까워졌다.

"민석아."

녀석이 돌아보는 순간 그대로 점프. 개구리처럼 폴짝 뛰어 녀석을 덮쳤다. 녀석은 어어어, 하는 소리를 내며 땅바닥에 쿵, 하고 쓰러졌다. 허벅지로 녀석의 배를 꼭 누르고 두 팔로 어깨를 바닥에 고정했다. 몸무게가 이럴 땐 도움이 된다.

"부탁이야. 피 한 모금만 마시면 안 될까?"

나는 녀석의 뺨을 툭, 쳤다. 다른 방향으로 다시 툭. 녀석은 반항하지 않고 가만히 누워 있었다.

"복수 같은 거라면 때려. 코피라도 나게 말이야."

여전히 제멋대로인 녀석. 한두 대 맞으면 모든 게 용서된다고 생각하나 보다.

나는 뺨을 한 대 더 툭, 때렸다. 힘을 좀 더 실어서.

"우주맨션에 사는 게 그렇게 부끄러웠어?"

"뭐라는 거야? 거기 살던 애들이 너 하나뿐인 줄 알아? 혜수 누나가 살고 있었던 곳에 이사를 오다니 제정신이냐고!"

"그게 누군데?"

"말해 줬잖아! 그런 것도 잊어 먹냐?"

선생님이 수업 시간에 자주 하는 말이다.

"자기가 외계인이라고 주장하던 이상한 누나가 너네 집에 살았어. 내 용돈까지 다 빌려 가서 가출하더니, 우주맨션 옥상에서 뛰어내렸다고."

"자살했다는 말이야? 왜?"

"우주선이 나타나 자기를 데려갈 거라고 했거든. 나도 데려가 주겠다는 약속을 받고 돈을 빌려줬어. 나도 좀 순진했지 뭐냐? 그

따위 말을 믿다니.”

녀석의 용돈을 가로채는 사람이 있었다고? 그게 도대체 누구란 말인가?

“그 누나 때문에 날 괴롭힌 거야? 같은 곳에 살았다고 해서?”

“몰라! 몇 년 전 일을 내가 어떻게 다 기억하냐고!”

“나는 다 기억하는데.”

그래서 초등학교 앞도 피해 가고, 이 골목도 피해 가는데.

“괴롭혀도 괜찮은 놈 하나 정도는 교실에 꼭 하나씩 있잖아? 항상 고개를 땅에 처박고 다니는 놈 말이야. 아, 짜증 나. 그렇게 억울하면 너도 때려, 때리라고! 잘됐네. 자, 맞아 주면 될 거 아냐? 이걸로 없던 일로 하는 거다. 시간 없어!”

괜한 질문을 한 것 같다. 나를 괴롭힌 이유 따위 딱히 거창하지도 않은데. 하지만 괴롭힘을 당해도 괜찮은 아이가 정말 세상에 있기는 한 걸까?

“반장, 코피는 어떻게 내는 건데?”

녀석은 나를 보며 코웃음을 친다.

“코피가 날 정도로 세게 때리면 돼.”

나는 주먹을 꽉 쥐었다. 녀석은 눈을 질끈 감았다. 나는 주먹을 머리 뒤로 활처럼 젖힌 다음 민석이의 볼과 코 사이를 쳤다. 픽. 세게 쳤다고 생각했는데 윽, 하는 신음만 날 뿐 코피는 나지 않았다.

"더 세게. 이번에도 실패하면 내가 때릴 거다."

다시 픽, 성공이다. 코에서 주룩 피가 흘러내렸다. 녀석의 협박이 통했다. 나는 피를 조심스럽게 손가락에 묻혀서 입에 넣어 보았다. 철봉에 혀를 대는 것같이 비릿했다. 다시 한번 묻혀서 손가락을 입에 넣고 빨아 본다. 조금만, 조금만 더 마시면 알 수 있을 텐데 도무지 무슨 맛인지 잘 모르겠다.

"우힛, 우힛, 우히히히힛."

웃음이 자지러지게 튀어나왔다. 내가 녀석을 진짜로 때렸다. 코피도 냈다. 잠들기 전 수백 번, 수천 번이고 상상했던 그 순간.

녀석의 볼 옆으로 흐르는 피를 혓바닥으로 잽싸게 스윽 핥았다. 눈물처럼 짭조름한 맛이 났다. 멀리서 봤다면 입맞춤이라도 하는 것 같았겠지. 아니면 개가 주인의 볼을 핥거나. 녀석은 움찔거렸지만 저항은 하지 않았다. 나를 징그러운 벌레 취급을 하는 것 같았다. 빨리 지나가기만을 기다리는, 죽이기도 징그러운 벌레. 그런 취급은 익숙하다. 예전에도, 지금도.

"끝났냐?"

나는 대답을 하지 않았다. 녀석은 영원히 알 수 없겠지. 잘못을 하지 않았는데도, 언제나 죄를 지은 것같이 사는 기분을. 그래서 괴롭힘을 당하는 게 당연하다고 체념해 버리는, 원상 복구가 불가능한 찰흙 같은 마음을. 뒤늦게 복수 따위를 해 봤자 아무 소용이 없는 것이다.

녀석은 벽을 짚고 가까스로 일어났다. 부축이라도 해 줘야 할 것 같았지만 참았다. 나는 자리에서 일어나 차가운 시멘트 바닥을 저벅저벅 걸어 더러운 운동화를 찾았다. 민석이는 나를 잠시 노려보더니 모퉁이를 돌아 사라졌다.

10

중학교에 올라가니 내 별명은 거짓말처럼 사라졌다. 민석이는 우주맨션을 떠나 다른 중학교에 진학했기 때문에 자연스럽게 멀어졌다. 나는 선생님과 아이들의 눈에 띄지 않으려고 최대한 노력했다. 성적은 중간에서 약간 아래, 싸움은 거의 아래, 몸무게는 상위권, 키는 하위권. 그대로 조용히 살 수 있을 줄 알았다. 나를 괴롭히는 상대가 학교가 아니라 집에 나타날 거라고는 생각도 못 했다.

황사가 온 하늘을 뒤덮어서 너도나도 마스크를 끼던 어느 봄날, 집으로 돌아오니 한 남자가 소파를 차지하고 있었다. 야구 경기 중계 방송을 켜 놓고 맥주를 벌컥벌컥 마시면서. 우리 집엔 손님을 들이지 않는다. 나도 친구를 데려온 적도 없고, 엄마도 마찬가지였다. 그건 엄마와 나의 암묵적인 룰인데 엄마가 깨 버린 거다. 엄마는 앞치마를 두르고 요리를 하고 있었다. 평소와는 다른, 어색한 모습이었다.

"영수야, 어서 와서 인사드려. 앞으로 우리를 많이 도와주실 분이야. 내가 말한 적 있지? 삼촌이라고 불러."

나는 현관에 멍하니 서서 아무 말도 하지 못했다. 삼촌이 있다는 건 들었는데, 이렇게 갑자기 나타날 거라고는 예상 못 했다. 엄마가 한번 해 본 소리라고 여겼던 것이다.

"어이, 니가 금마가? 이야, 진짜 오랜만에 보네. 내가 개인 사정으로 쪼매 바빴다. 이제 자주 봐야 겠제? 낙지볶음 좋아하나? 식기 전에 빨리 무라."

그는 오래전부터 나를 아는 것처럼 친근하게 굴었다. 달 표면처럼 얼굴이 여기저기 움푹 파인 데다 배가 올챙이처럼 튀어나왔다. 키는 나하고 거의 비슷할 정도로 작았다. 소파에서 일어나 한쪽 다리를 절뚝절뚝 절며 부엌 식탁으로 걸어갔다. 목이 늘어난 셔츠와 얼룩진 트레이닝 바지를 입고서.

"밖에서 먹고 왔어. 피곤하니까 좀 쉴게."

나는 그대로 내 방으로 들어가 방문을 쾅, 하고 닫았다. 밖에서 히히덕거리며 농담을 하는 소리, 쨍하고 소주잔을 기울이는 소리가 났다. 게임을 하다 보니 밤이 깊었지만 배가 꼬르륵거려 도저히 잠을 이룰 수가 없었다.

새벽이 되어서야 바깥은 조용해졌다. 부엌으로 가 보니 김 가

루와 참기름이 듬뿍 뿌려진 낙지볶음이 식탁 위에 놓여 있었다. 밥을 비벼 한 숟갈, 두 숟갈, 먹으면 먹을수록 맛있었다. 소파에서 삐거덕거리는 소리가 났다. 깜짝 놀라 숟가락을 떨어뜨렸다.

"어이, 배고팠나? 그거 내가 만든 특제 양념이다. 맛있제? 식당에서 파는 것하고는 천지 차이다. 매콤하고 달콤하고 깊은 맛이제. 많이 무라. 그래야 키가 쑥쑥 크지."

이후로 그는, 엄마가 집을 비울 때마다 털털거리는 빨간 스쿠터를 타고 와서 거실을 점령했다. 소파에 기대앉아 코미디 채널을 보면서 술을 마셨다. 예전 프로그램이 뭐가 그리 재미있는지 낄낄거리면서. 나중에는 아무 연락 없이 불쑥 먹을 걸 사 들고 집에 찾아오곤 했다. 전기 통닭, 순대, 아구찜…… 사람은 미워해도 맛있는 음식을 미워할 필요가 없으니까, 나는 못 이기는 척 같이 먹었다.

나는 그가 마음에 들지 않았다. 외모도, 성격도, 아무튼 모두 다. 가까이 다가가면 목욕탕에서 아저씨들이 쓰는 지독한 스킨 냄새가 났다. 한쪽 다리를 저는 건 젊은 시절 동네 깡패들과 십 대 일로 싸우다 다친 거라고 했지만 부두에서 하역 작업을 하다 다쳤다는 엄마의 말이 더 신뢰가 간다. 후유증이 커서 더 이상 일을 하지 못하지만 동네에서는 만능 일꾼으로 통한다고 엄마가 말해 줬다. 배수관, 페인트, 전기 배선…… 못하는 게 없다나? 재개발 때문에 사람들이 떠나 버려서 일거리가 점점 없어지는 게 문제지만, 홀로 남은 노인들을 위해 일해 주고 있다고 했다.

그는 내게 심부름을 시키기 시작했다. 리모컨 가져와라, 물 떠 와라, 라면을 끓여라, 설거지를 해라. 머뭇거리기만 해도 급소를 찔렸다. 어깻죽지, 팔, 허벅지…… 자신의 몸을 지키기 위해 무림 고수에게 배웠다고 해 놓고는 치사하게 나를 겁주는 데 쓰곤 했다. 양말을 벗기라고 했을 때, 오랜만에 나쁜 내가 속삭였다.

'얼굴에 던져 버려.'

그 정도의 용기는 없어서, 양말을 쓰레기통에 슬쩍 버렸다. 리모컨을 냉장고에 숨겨 두거나 담배를 잘게 잘라 화장실에 버리기도 했다. 그런 짓을 한 후엔 몰래 집을 빠져나왔지만.

"엄마, 저 아저씨 말이야. 진짜 삼촌 맞아? 우리 집에 못 오게 하면 안 돼? 공부에 방해된단 말이야. 맨날 남의 집에 와서 술이나 마시고……."

엄마한테 부탁해 봤지만 대답은 노. 엄마가 바쁜 일이 생겨서 집을 비울 때가 많아질 거라고 했다. 혼자 충분히 지낼 수 있다고 말했는데도 노. 초등학생일 적에 나를 혼자 집에 두고 일을 다니기도 했으면서 왜 그러는지 도무지 이해가 되지 않았다.

엄마는 새로운 일자리를 얻었다. 건강 보조 식품을 파는 회사라고 했다. 하기 싫은 일을 할 바엔 돈을 벌지 않는 편이 낫다고, 엄마는 늘 말했다. 아침 일찍부터 밤늦게까지 일하는 걸 보면 정말 하고 싶은 일을 찾은 것 같았다.

여름 방학이 되자 나는 피시방에서 하루를 보냈다. 집에 있어 봤자 삼촌과 마주칠 것이고, 에어컨도 고장 나서 찜통같이 더웠다. 아이들은 광안리나 해운대 바닷가에 간다고 하지만 나는 함께 갈 사람이 없었다. 간다고 해도 부끄럽게 수영복을 입고 바다에 뛰어들기는 싫었다.

밤마다 동네 놀이터에서 운동을 좀 했더니 알통이 커지고 가슴 근육도 나온 것 같았다. 눈에 확 띄는 건 아니지만. 운동을 한 후에는 허기가 져서 이것저것을 먹다 보니 몸무게도 늘어났다. 눈에 확 띌 정도로.

엄마는 아침 일찍 일어나 정장을 말끔히 차려입고 회사에 나가 밤늦게 들어왔다. 밤에 술을 마시는 일도 거의 없었다. 처음에는 그런 모습이 보기 좋았는데 나중에는 슬슬 궁금해지기 시작했다. 엄마는 과연 무슨 일을 하고 있는 걸까?

집에는 엄마가 사 놓은 치약과 비누, 샴푸, 그리고 정체를 알 수 없는 약 상자가 쌓였다. 엄마는 한 단계 위로 승진을 하기 위해서는 어쩔 수 없다고 했다.

더워서 잠이 오지 않을 때면 옥상으로 올라갔다. 예전엔 옥상으로 통하는 문이 굳게 잠겨 있었는데, 언젠가부터 열쇠가 망가져 있었다. 우주맨션 사람들도 몇 가구 남지 않고 다 떠났다. 들고 가기 귀찮은 것들이 옥상 구석에 버려져 있었다. 전자레인지, 선풍기, 심지어 소파까지. 나도 어쩐지 버려진 기분이 들었다.

옥상에서는 하늘의 별보다 땅의 별이 더 반짝반짝 빛났다. 이곳보다 높은 산 중턱에도 사람들이 많이 살고 있구나. 그중 몇 개의 별에도 나처럼 잠들지 못하는 사람이 있을 거라는 생각을 하면 조금이나마 위안이 되었다.

서늘한 바람이 불자 삼촌과 나는 적당한 선에서 평화를 찾았다. 그는 자기 집에 있는 시간보다 우리 집에 있는 시간이 더 많아졌다. 음주 운전은 위험하다면서 소파에서 자고 가기도 했다. 적당히 무시하고, 적당히 싸우면서 지냈다.

문제는 엄마와 삼촌의 사이가 나빠지기 시작했다는 거다. 그가 먼저 엄마의 직장에 트집을 잡기 시작했다. 그런 직장은 제대로 된 곳이 아니다, 다단계에 잘못 빠지면 빚만 늘어날 뿐이다, 차라리 집에서 놀아라……. 엄마의 반격도 만만찮았다. 너는 직장이라는 곳에 다녀 보기라도 했느냐. 놀지 말고 빈 병이나 폐지를 주워라. 하지만 언제 그랬냐는 듯 화해를 하고 술을 마셨다. 싸우고, 화해하고, 또 싸우고……. 그걸 반복하는 게 지겹지도 않나 보다.

오랜만에 엄마가 집에서 쉬던 주말, 엄마는 그에게 사소한 일로 화를 냈다. 이번엔 그도 물러서지 않고 알아들을 수 없는 사투리로 욕을 해댔다.

"너, 그딴 식으로 살 거면 우리 집에 발길을 끊어!"

엄마가 소리쳤다.

"뭐라카노? 다단계에 미치갖고 돌아댕기지 말고 애나 잘 돌봐라! 세상에 공짜는 없다. 쉽게 돈 벌 수 있다는 말 자체가 웃기지 않나?"

"하하, 너는 양심도 없나? 너는 돌볼 사람이 없어 이 동네 노인들이나 삥 뜯고 다녀?"

순간 그 자식의 손이 공중으로 올라가더니 찰싹, 소리가 났다. 엄마의 머리가 획, 돌아가며 몸까지 휘청거렸다.

'뭘 구경하는 거야? 엄마를 구해!'

나는 용수철처럼 뛰쳐나가 그의 몸을 받아 버렸다. 그는 뒤로 넘어져 쿵, 하고 피아노에 머리를 부딪혔다. 현이 울려서 그르릉, 천둥이 치는 소리가 났다. 여름 방학 동안 체력 단련을 한 것이 헛수고는 아니었나 보다.

나는 피아노 의자를 번쩍 들고 그 자식의 앞에 섰다. 의자 안에 들어 있던 악보가 후드득 얼굴로 떨어졌다. 그게 마치 칼이라도 되는 듯, 그는 비명을 지르며 손으로 막았다.

"우리 집에서 당장 꺼져, 꺼지라고! 아니면 무슨 짓을 저지를지 나도 몰라."

그 자식이 나를 노려보았다.

"니 소원이라면 꺼져 줄게. 앞으로 다시는 안 찾아올 기다."

그는 다리를 절뚝거리며 밖으로 나갔다. 부르르릉, 부르르르릉, 스쿠터 소리가 사라질 때까지 엄마와 나는 아무 말도 하지 않았다.

엄마에게 칭찬받을 줄 알았다. 구해 줘서 고맙다고. 하지만 엄마는 나를 볼 때마다 투덜거렸다. 아무리 그래도 몸이 불편한 삼촌을 그런 식으로 밀치는 게 아니라는 둥, 어른 싸움에 끼어드는 게 아니라는 둥. 삼촌이 아니었으면 이 맨션에 들어오지도 못했을 거라는 둥…….

일주일이 채 지나지 않아 그가 만들어 놓았던 오징어채무침과 감자샐러드가 다 떨어졌다. 오이김치와 깍두기도. 신김치에 컵라면을 먹다 말고, 엄마가 말했다.

"아무래도 사과를 하러 가야겠다. 너도 갈 거지?"

잘못한 것도 없는데 내가 왜 가야 하냐는 말을 꾹 삼켰다.

삼촌은 우주맨션과 걸어서 이십 분 정도 떨어진 언덕 너머에 살고 있었다. 영도와 바다, 정유 공장과 컨테이너 부두까지 다 보이는 단독 주택 2층이었다. 벨을 몇 번이고 누르자 인터폰에서 소리가 났다. 나는 주황색 기중기가 레고 블록처럼 생긴 컨테이너를 옮기는 것을 물끄러미 구경했다.

"뭐 하러 여기까지 왔노? 니 같은 것 꼴도 보기 싫다."

엄마는 나를 인터폰 카메라 앞에 앞세웠다.

"영수가 사과를 하러 왔어."

잠시 후 철컹, 문이 열렸고 우리는 좁은 폭의 계단을 올라갔다. 아래층에는 사람이 사는 것 같지 않았다. 그는 현관문 앞에 우리 둘을 세워 놓고 담배를 피웠다. 엄마는 내 옆구리를 쿡 찔렀다.

미안하다는 말이 입에서 맴돌았지만 입 밖으로 나오지는 않았다. 사과해야 할 쪽은 내가 아니라 삼촌인데.

"영수야, 너 잠깐 안에 들어가 있어. 삼촌하고 할 이야기가 있으니까."

엄마는 나를 현관 안쪽으로 밀고 문을 닫았다. 엉겁결에 운동화를 밟고 말았다. 금세 발을 뗐지만 우그러진 운동화는 풀이 죽어 살아날 것 같지 않았다. 운동화 끈의 끄트머리에 보풀이 잔뜩 일어나 있었다.

멍, 하는 소리가 들렸다. 타다다다닥, 팔뚝만 한 강아지 한 마리가 뛰어왔다. 하얀색 털에 밤색 얼룩이 여기저기 나 있다. 귀가 쫑긋하고 눈이 튀어나올 것만 같다. 그에겐 똥개가 어울리는데 이렇게 귀엽고 작은 개라니.

네가 운동화 끈을 다 망쳐 놓았구나? 손을 내밀었더니 혀를 쭉 내밀어 날름날름 핥았다. 강아지를 키우고 싶어도 엄마가 강아지 털 알레르기가 있어서 키울 수가 없다.

'바보. 강아지랑 놀 시간이 없어. 빨리 증거를 찾아야지.'

'무슨 증거?'

'여기에 다른 여자가 살고 있다는 증거.'

'그게 왜 필요한데?'

'바보. 궁금하지도 않냐? 엄마도 엄청 궁금해할 것 같은데. 그 자식을 우리 집에 발 못 붙이게 할 절호의 찬스잖아.'

내 안의 나는 나보다 머리가 좋구나. 신발장을 열어 봤다. 먼지가 잔뜩 낀 검은 구두 두 켤레, 흙이 묻은 등산화, 고무장화. 여자 구두는 보이지 않는다. 신발을 벗고 사뿐히 거실로 올라갔다. 테이블엔 빈 소주병 하나, 구운 오징어와 고추장. 오징어 다리를 하나 집어 입에 물었다. 탐정이라도 된 듯 가슴이 두근거렸다.

화장실로 들어갔다. 칫솔이 두세 개 있었지만 누구 건지 알 턱이 있나? 치약과 샴푸는 엄마 회사 제품이다. 거울이 달린 캐비닛을 열어 보니 비누가 가득. 그것도 엄마 회사 제품. 거실을 가로질러 안방으로 갔다.

장롱과 침대 하나, 그리고 컴퓨터. 작은 텔레비전 하나. 침대 위는 어지럽게 이불이 펼쳐져 있다. 옷걸이에는 등산복 바지와 점퍼, 추리닝……. 여자 옷은 없었다. 침대 위의 커다란 꽃무늬가 그려진 이불을 들춰 보았다. 긴 머리카락이라도 나오면 좋겠는데 짧은 머리카락뿐이다. 대실망.

방을 나가려는데 침대 옆에 손바닥만 한 액자가 보였다. 낯익은 얼굴이 있어 재빨리 집어 들었다. 한 여자와 꼬마의 사진이다. 자세히 보니 엄마와 나다. 엄마는 지금보다 젊고, 나도 지금보다 훨씬 어리다. 꽃밭을 배경으로 찍었는데 언제, 어디서 찍은 사진인지 도무지 기억이 나지 않는다.

멍멍, 밖에서 강아지가 크게 짖었다. 나는 후다닥 방을 빠져나갔다. 불투명 유리에 엄마와 그의 실루엣이 보였다. 현관문을 향해 강아지가 사납게 짖는다. 둘은 싸우고 있는 게 아니었다. 꼭 껴안고 있었다. 마치 둘이 하나라도 되고 싶은 것처럼. 나도 개처럼 짖고 싶었지만 할 수 있는 일이란 고작 가만히 지켜보는 것뿐이었다. 숨을 죽이고 가만히. 너도 조용히 하란 말이야! 강아지가 내 손짓을 알아들었는지 잠잠해졌다.

"돈은 마련해 줄 거지? 3단계로 승진하려면 꼭 필요해. 글로벌 워크숍에 참여해야 하거든. 아무나 갈 수 있는 게 아냐. 지역 분사에서 실적이 좋아서 겨우 뽑힌 거라고. 나중에 두 배, 아니 세 배로 갚아 줄 테니까 걱정 마."

엄마가 말했다.

"아무래도 거기에 속고 있는 것 같다. 니가 올라가도 아래 단계의 사람들 피 빨아먹고, 높은 놈에게 피 빨리는 거 아이가? 그게 무슨 사업이고? 사기지."

"휴우, 네트워크 마케팅에 대해 뭘 알고나 하는 이야기야? 어디까지나 근대적인 유통망을 인적 커넥션으로 혁신시킨 사업이라고. 학벌, 성별, 자본 이딴 거 다 필요 없는 평등한 직장이야. 이만한 직장이 어디 있어? 내가 제대로 일을 한 적이 없다는 거, 오빠는 잘 알잖아. 이게 다 누굴 위해서인데? 영수 때문이야. 밀린 양육비라고 생각하면 안 돼? 매월 보내 준다고 약속해 놓고서 몇 번 보냈는지 기억이나 하냐고. 언제 철거할지 모를 맨션의 지하실에서 살게 할 거야? 나 혼자 잘 먹고 잘살자고 이러는 거 아니라고.

오빠나 나, 이번 생에서 틀려먹었다면 영수라도 잘살게 해 줘야
지. 그렇지 않아?"

나는 현관문의 손잡이를 잡았다. 벌벌 떨려서 문을 열 수가 없
었다. 엄마가 뭐라고 한 거지? 밀린 양육비라니? 내가 잘못 들은
거지? 맞지? 나쁜 나와 착한 나, 누구라도 답을 해 주면 좋겠는데
둘 다 침묵이다.

밖에서는 다시 언성이 높아졌다. 나는 바닥에 털썩 주저앉아 버
렸다. 강아지가 다가와 볼을 핥아 주었다. 내치지 못하고 얼굴을
두 무릎 사이로 파묻었다. 일어설 용기도, 밖으로 나갈 용기도 도
무지 생기지 않았다.

11

민석이를 만난 다음 날, 눈을 떴을 때 오후 네 시쯤이었다. 화장실을 가려다 비명을 지를 뻔했다. 우리 집 유일한 창문에서 햇볕이 쏟아져 들어왔다. 일단 라면 상자로 창문을 막았다. 크기가 작고 불투명한 유리창이라 다행이다. 직사광선이라도 쬐었으면 큰일 날 뻔했다. 일단은 조심하는 게 최고다. 거울에 내 모습을 비춰 보았다. 눈 밑이 거무튀튀하고 눈동자 주위는 충혈되어 있다. 입을 최대한 벌려 보았다. 송곳니가 조금 길어 보이는 것도 같다.

목이 말랐다. 수돗물을 연거푸 마셔도 갈증은 사라지지 않았다. 저녁 여덟 시, 해가 진 것을 확인하고 현관문을 열었다. 문을 열자마자 기다렸다는 듯, 매서운 바람이 불어닥쳤다. 따뜻한 침대로 다시 돌아갈까? 아니, 집 안에서는 절대로 갈증을 해결할 수 없을 것이다.

문 앞에 작은 상자가 놓여 있다. 평범한 택배 상자에 빨간 리본이 묶여 있다. 보내는 사람과 받는 사람은 적혀 있지 않다. 리본을 풀어 상자를 열어 보니 구겨진 신문지로 내용물이 감싸여 있고 그 안에서 주사기가 나왔다. 주사기는 플라스틱 재질에 새끼손가락보다 더 가느다랗다. 누가 이딴 걸 보냈을까? 주사기를 상자에 넣으려다 눈앞에 바짝 대어 보았다.

이걸로 피를 뽑을 수 있을까? 많아 봤자 10밀리리터. 스무 번을 뽑아야 200밀리리터 우유 한 팩을 채울 수 있겠지. 민석이가 장난으로 보낸 걸까, 아니면 K? 누구든 이딴 거 말고 진짜 피를 보내 줬다면 좋았을 텐데.

이 주사기를 시험해 보고 싶은 사람이 생각났다. 피에 숨기고 싶은 것이 다 들어 있다는 말이 사실이라면, 꼭 맛보고 싶은 피가 있다.

해가 지고 어둠이 찾아왔다. 기억을 더듬어 삼촌의 집을 찾아갔다. 목욕탕이 있는 사거리에서 좌회전, 가로등 아래의 집. 여기가 틀림없다. 주변의 집들은 이사를 갔는지 불이 꺼져 있었다. 2층에서 푸르스름한 빛이 새어 나오고 있었다.

지나가는 사람이 없나 살펴본 후 담에서 한 발짝 떨어졌다. 담은 키보다 조금 높았다. 후다닥 달려서 점프. 두 손으로 담벼락 위쪽을 잡았지만 아무리 발버둥을 쳐도 담 위로 올라갈 수가 없다. 담을 쉽게 넘을 수 있다고 생각한 건 나의 착각. 벽에 기대어 있는 스쿠터를 조심스레 밟고 겨우 넘었다.

2층으로 올라갔다. 전선이 거미줄처럼 내려와 있어서 몸을 숙여야 했다. 현관문은 잠겨 있지 않았다. 문을 여니 삼선 슬리퍼와 지저분한 운동화 한 켤레가 가지런히 놓여 있었다. 운동화는 보풀이 일어나고 뒷굽마저 뜯겨 있었다. 강아지 짖는 소리는 들리지 않았다. 대신 쿨럭이는 기침 소리가 안방에서 났다.

신발을 벗고 들어가 안방 문을 슬그머니 열어 보았다. 작은 텔레비전에서 코미디 프로그램이 흘러나오고 있었다. 방청객들의 웃음소리가 터져 나왔다. 침대는 비어 있고 방바닥에서 담요를 애벌레처럼 둘둘 말고 누워 있는 사람이 보였다. 콜록콜록. 머리맡에는 빈 소주병과 담뱃갑, 컵라면 빈 그릇이 나뒹굴었다. 지난번에는 말끔했는데 언제 내 방처럼 지저분해진 건지 모르겠다. 매번 나보고 청소 좀 하라고 잔소리를 하더니만.

벽을 더듬어 스위치를 켰다. 방 안이 환해졌는데도 그는 움직임이 없다. 나는 발로 이불을 툭 건드렸다. 그는 귀찮은 듯 어깨를 벅벅 긁었다. 살아 있구나. 고개를 삐죽 돌려 나를 쳐다본다.

"깜짝이야. 인마! 영수 맞나? 니가 여긴 웬일이고? 이 동네 영감들처럼 혼자 죽을 팔자는 아닌갑다. 히힛."

그는 가래 끓는 소리를 내며 웃었다. 진짜 이유를 안다면 더 이상 웃지 못할 텐데.

멍, 하고 강아지가 이불에서 튀어나와 꼬리를 흔들었다.

"아이고 망치야, 행님한테 인사 할라꼬?"

"망치라고요?"

강아지 이름을 이제야 알았다.

"심장을 쿵, 망치로 치는 것처럼 귀엽다 아이가. 요 건너편 집에서 버려진 걸 내가 걷어 키웠다. 개가 물건이가? 버리고 가게. 사람들 참…… 내가 요즘 망치 때문에 겨우 견딘다. 아무리 지랄을 해도 인마는 나를 버리지 않으니까. 인간은 다 배신 때린다 아이가. 아무리 죽고 못 산다고 지랄을 해도…… 마 됐다. 영수야, 정수기에서 물 좀 떠 온나. 약 먹게."

"어디 아파요?"

"내가 지금 안 아프게 됐나? 마, 치아라. 감기다 감기. 계절마다 찾아오는 지긋지긋한 독감이다."

망치에게 시키라고 말하려다, 마지막 심부름일지도 모르는다는 생각에 순순히 들어줬다. 그는 이불 위에 다소곳이 앉아 있었다. 약이 보물이라도 되듯 봉지를 뜯어 가지런히 손 위에 올려놓고서. 어깨를 잔뜩 웅크리고 있어서 그런가? 예전보다 많이 왜소해진 것 같았다. 물을 건네니 약을 한꺼번에 입에 털어 넣고 꿀꺽 삼켰다.

"왜 전화를 안 받노? 내가 몇 번이나 전화했는데."

수신 차단 기능을 모르는가 보다.

"배고프제? 얼굴이 마 홀쭉하다. 먹을 게 있나 모르겠네. 냉동실 한번 뒤지 봐라. 참, 냉동실에 쑥떡 있는데 그거라도 쪄 주까? 봄에 내가 직접 캐서 만든 기다."

"물어볼 게 있어서 왔어요."

하하하하, 웃음소리가 요란하던 텔레비전이 갑자기 조용해졌다. 화면은 그대로인 걸 보니 음소거 버튼을 눌렀나 보다.

"뭔데 그라노?"

입 안이 바짝 말랐다.

"아저씨가…… 우리 아빠 맞아요?"

정적이 흘렀다. 아니다. 멀리서 자동차가 지나가는 소리, 거대한 기중기가 컨테이너를 옮기는 소리, 술 취한 남자의 고함소리……. 이 동네의 소음이 또렷해졌다.

"뭐라카노!"

그가 손사래를 쳤다.

"아빠는 무슨. 느그 엄마가 그라더나? 나 장가 한 번 안 간 노총각인데 갑자기 애 아빠를 만드네. 아이다, 절대로 아이다."

하하하하, 텔레비전에서 다시 웃음소리가 났다. 허헛, 그가 따라서 웃었다.

"저 사진은 뭔데요?"

침대 옆 탁자에 놓인 액자를 가리켰다.

"어? 저거? 아, 저거. 느그 엄마가 옛날에 보내 준 기다. 버리기 아까워서 그냥 놔뒀다 아이가. 니, 옛날엔 억수로 귀여웠는데 지금은 와 이리 됐노?"

"우리 아빠 진짜 아니죠?"

"그라믄. 아니제. 야, 느그 아빠는 엄청 부자에다 멋있는 사람이라고 하던데. 모르나?"

"증거 댈 수 있어요? 아빠가 아니라는 증거."

"뭐꼬? 딱 보면 모르겠나. 아빠와 아들은 닮아야 한다 아이가. 하하, 뚱뚱한 건 좀 비슷하네. 니는 피가 땡기는 느낌이 나나? 국과수에 유전자 검사를 받아 봐야 하나? 옛다, 이 머리카락 하나면 충분할 기다."

그는 머리카락 뽑는 시늉만 할 뿐 진짜로 뽑지는 않았다. 나는 호주머니에서 주사기를 꺼냈다.

"머꼬 인마? 주사기는 뭐할라꼬?"

막상 꺼냈지만, 어디를 찔러야 하는지 모르겠다. 목? 팔? 아니면 엉덩이?

"피가 필요해요."

"엉?"

"피를 마시면 다 알 수 있거든요."

"무슨 소리고? 피를 마시면 유전자 검사가 자동으로 되나?"

푸하하하. 그는 큰 소리로 웃어 댔다.

"니, 집에 처박혀 있으니까 머리가 좀 돌아 뿐 거 아이가? 느그 엄마가 집을 나간 것도 이해된다."

"엄마는 워크숍에 갔단 말이에요."

"뭐라카노? 아직도 그런 거짓말을 믿나? 나도 니 엄마가 진짜로 어디 갔는지 모르겠다. 나는 돈까지 뜯겼다 아이가. 니나 나나 바보다. 하하하."

나는 그에게 달려들어 눈을 감고 주사기를 휘둘렀다. 눈을 떠 보니 주사기가 이불 속에 박혀 있었다. 헉, 날카로운 통증이 어깨에 느껴졌다. 어깻죽지가 끊어질 것 같다. 그대로 침대에 고꾸라져 버렸다.

"급소에 찔려서 움직이면 더 아프니까 가만 있어라. 내가 몸은 이래도 약점을 찌르는 건 도사다. 내 피를 달라꼬? 지랄하고 자빠졌네. 니가 무슨 흡혈귀라도 되나?"

눈물이 주르륵 흘러내렸지만 닦을 수도 없었다. 두꺼운 솜이불에 눈물이 스며들 뿐이었다.

"무슨 약을 처먹었는지 말해 봐라. 니, 함부로 이상한 약 먹으면 인생 골로 간다."

파워 비타민, 슈퍼 바이오틱스, 이뮤나 아르폴리, 또…… 배가 고파서 아무거나 먹었다.

"크리스마스이브에 시내에 나갔다가 뱀파이어에게 물렸어요. 피를 안 마시면 죽을지도 몰라요."

그는 나를 물끄러미 바라본다.

"뭐라카노? 진짜가? 진짜로 죽는다꼬?"

대답 대신 나는 눈물만 뚝뚝 흘렸다. 급소를 찔린 어깨가 아파서 그런 건지, 그냥 이 모든 상황이 억울하고 슬퍼서 그런 건지 나도 알 수가 없었다. 망치가 다가와 얼굴을 핥아 댔다.

삼촌은 주사기로 자기 팔을 찔렀다. 아얏, 소리를 내더니 피가 나오지 않는다고 투덜거렸다. 서랍을 뒤지더니 검은 고무줄로 팔뚝을 묶었다. 그러고는 다시 한번 조심스레 주삿바늘을 팔에 찔러 넣었다. 주사기 밀대를 뒤로 당기자 피가 뽑혔다. 이토록 새빨간 액체가 사람의 몸속에 있다는 게 믿어지지 않았다.

"울긴 왜 우노? 이까짓 것 크리스마스 선물로 치라. 됐제?"

나는 주사기를 잽싸게 받아 들고 방을 빠져나왔다. 계단을 내려가다가 발을 헛디딜 뻔했다. 대문을 열고, 목구멍에서 비릿한 냄새가 날 정도로 뛰었다. 백 미터 신기록이라도 깰 것처럼.

한참을 달리다 벽에 기대어 숨을 골랐다. 어깨는 여전히 욱신거렸다. 하지만 다른 쪽 손에는 주사기가 들려 있었다. 빨간 피로 10밀리리터를 채운 주사기가. 그걸 당장이라도 마시고 싶었지만 꾹 참고 우주맨션으로 돌아왔다.

12

나의 선택으로 미래가 바뀌는 결정적인 순간이 있다. 문제는 그 순간에는 알아차리지 못한다는 것. 뒤늦게 깨달아 봤자 소용없다. 할 수 있는 일이란 그 순간으로 돌아가고, 돌아가고, 또다시 돌아가는 걸 반복하는 것뿐이다. 내가 돌아가는 순간은 엄마와 함께 삼촌 집에 다녀온 사흘 후다. 엄마가 워크숍을 가던 바로 그 날.

"영수야, 엄마하고 이야기 좀 해. 얼른. 워크숍에 늦는단 말이야. 문 좀 열어 봐."

쾅쾅, 엄마가 방문을 세게 두드렸다. 나는 내 방 밖으로 나가지 않았다. 사실은 집을 나가고 싶었는데, 갈 곳이 내 방밖에 없어서 문을 잠가 버린 것이다. 고작 그게 내가 할 수 있는 반항이었다. 침대 하나, 책상 하나면 꽉 찰 정도로 좁은 내 방이지만 벗어나기가 귀찮았다. 아니, 엄마의 얼굴을 마주하기가 무서웠다.

'이게 다 누굴 위해서인데? 영수 때문이잖아. 밀린 양육비라고 생각하면 안 돼?'

엄마가 삼촌에게 했던 말이 머릿속에서 떠나지 않았다. 깨끗이 잊고 싶은데, 잘못 들은 걸로 치고 싶은데, 그럴수록 또렷이 기억났다.

"하고 싶은 이야기가 있으면 해. 바보같이 숨지 말고."

엄마가 문의 반대편에서 말했다. 숨이 턱 막혔다. 지금 이야기하지 않으면 영원히 말할 수 없을 것 같은 기분이 들었다. 하지만 내게는 질문을 할 용기가 없는걸. 학교에서도, 집에서도. 질문은 커녕 진실을 들을 용기도 없는걸.

"마지막으로 말한다. 문 열어. 아니면 나 간다."

나는 문에 바짝 붙어 있었다. 손잡이를 꽉 잡고 열까 말까 망설이면서. 엄마가 한 번 더 부탁했다면 문을 열었을지도 모른다. 아무리 기다려도 인기척이 나지 않아 문을 빼꼼히 열어 보았다. 거실이 깨끗이 치워져 있었다. 식탁에 포스트잇 하나와 지폐 몇 장이 놓여 있었다.

'급한 건 이 돈으로 해결하고, 부족하면 삼촌에게 빌려 써. 삼촌이 먹을 거 챙겨 줄 테니까 말 잘 듣고. 연락이 안 돼도 너무 걱정마. 보름 후에는 꼭 돌아올 테니까. 돌아오면 맛있는 거 먹으러 가자. 원하는 거 뭐든지 다 사 줄게.'

*

냉장고를 열자, 옆면에 붙여 두었던 포스트잇이 바닥에 떨어졌다. 얼룩으로 번진 포스트잇을 다시 한번 읽어 보았다.

'보름 후에는 꼭 돌아올 테니까.'

엄마가 떠난 지 한 달이 넘었다. 그리고 나는 뱀파이어가 되었다.

포스트잇을 냉장고 옆면에 중국집 배달 자석으로 고정했다. 냉장고 문을 열고 싱싱 보관함의 뚜껑을 열어 손을 뻗었다. 주사기의 바늘이 손끝에 닿았다. 서늘하고 날카로운 촉감에 깜짝 놀라 냉장고 문을 재빨리 닫았다.

심호흡을 해 본다. 이제 시작해 볼까? 다시 냉장고 문을 열고 주사기를 꺼냈다. 주사통에 담긴 피를 엄지누름대로 눌러 소주잔에 채웠다. 잔을 들고 전등에 비춰 본다. 붉은 액체가 잔의 반의 반도 채워지지 않았다. 표면에 작은 거품이 생겼다가 톡톡 터졌다.

허공에 대고 건배. 잔을 한 번에 털어 넣었다. 맛을 음미할 사이도 없이 꿀꺽. 안주가 없다. 그 대신 식어 버린 컵라면 국물을 한 모금 마셨다. 끄억, 트림이 나왔다. 나는 한참 동안 소파에 앉아 있었다. 아무런 일도 일어나지 않았다. 아, 뭐야? 나는 진실을 대면할 준비가 되어 있다고!

소파에 앉아 텔레비전을 켰다. 오랜만에 축구 게임을 실행한 뒤 열심히 달렸다. 점심시간에 아이들은 나를 절대로 축구경기에 끼워 주지 않지만 게임 속에서 나는 에이스. 오늘따라 드리블도 잘된다. 한참을 게임에 집중하고 있는데 배 속이 부글거렸다. 뒤통수가 먹먹해졌다. 지이이잉, 하는 고주파 소리가 귓속에서 들리는 것 같았다.

심호흡을 해 본다. 들이 쉬고, 내 쉬고, 또 들이쉬고, 내쉬고……. 몇 번 하지도 않았는데 머리가 어지러워서 소파에 풀썩 쓰러져 버렸다. 선수 교체가 필요하다는 말이 게임 화면에서 흘러나왔다.

*

비둘기가 푸드덕 소리를 내며 하늘로 날아간다. 아지랑이가 솟아오르는 기분 좋은 열기, 그리고 사방에서 풍기는 꽃 냄새. 하늘을 올려다보니 눈부시게 파랗다.

"시계 침이 가리잖아. 좀 옆으로 비키 봐라."

분명 내 입에서 그 말이 튀어나왔다. 내가 왜 사투리를 쓰는 거지? 꼬마와 여자가 나를 쳐다보고 있다. 뭔가 좀 이상하다는 생각이 들었지만 일단 사진을 찍어야 한다는 마음이 앞섰다. 고개를 들어 보니 부산 타워가 눈에 들어왔다. 여기는 용두산 공원이다. 좀 이상하다. 커다란 꽃시계 앞에서 사진을 찍고 있다니. 그것도 휴대폰이 아니라 구닥다리 일회용 필름 카메라로. 카메라 구멍에 3이라는 숫자가 보인다. 필름이 석 장밖에 남지 않았다는 거다.

"마 됐다. 이제 좀 웃어 봐라."

여자는 억지로 웃지만 꼬마는 웃지 않고 여자의 손을 잡아당길 뿐이다. 찰칵, 버튼을 눌렀다. 식은땀이 줄줄 흘러내렸다.

"괜찮아?"

여자가 묻는다. 이 여자는 어디서 많이 봤는데…… 어, 엄마다. 그럼, 이 옆에 있는 꼬마는 나다. 어린 시절의 나.

"몇 살이라고 했노? 영수 말이다."

내가 말했다.

"내년에 유치원에 들어간다고 몇 번이나 말했잖아. 오빠는 사람이 말을 하면 제대로 좀 들어. 벌써 치매 온 건 아니지?"

"뭐라카노. 어제 술을 많이 마셔서 그렇다 아이가. 쪼매만 기다리 봐라. 저기, 화장실 좀 다녀올게."

공원 가장자리에 있는 화장실로 뛰어갔다. 벤치에는 노인들이 장기를 두느라 떠들썩했다. 화장실로 들어가 세면대 위에 달린 거울을 봤다. 들창코에 땀구멍이 송송 뚫린 피부. 콧구멍 안에서 코털이 하나 삐져나와 있다. 차가운 물로 연거푸 세수를 하고 거울을 봤다. 나는 그가 틀림없다.

어떻게 된 거지? 사진이 기억났다. 그의 침대맡에 있던 그 사진. 방금 전, 나는 그 사진을 찍었던 거다. 용두산 공원의 꽃시계 앞에서.

이건 꿈인가? 아니면 시간 여행? 설마……. 그의 피를 마시고 게임을 하다 소파에서 잠이 들었던 게 기억났다. 그렇구나. K의 말이 사실이구나. 피를 마시면 그 사람의 모든 것을 알 수 있다던 말. 초능력이라도 생기는 줄 알았는데 이런 거구나.

거울 속의 내 모습은 그가 틀림없지만 그 속의 나는, 그이기도 하고 나이기도 하다. 하하, 하하하하. 소리 내어 웃으니 사람들이 슬그머니 피해 갔다.

사진을 찍었던 곳으로 돌아가니 여자는 없고, 아이가 솜사탕을 들고 서 있다. 이 아이는 과거의 나, 신영수다.

"느그 엄마 어디 갔노?"

영수가 울먹거린다. 나는 어릴 때도 겁이 많았나 보다.

"내가 누군지 아나?"

영수가 고개를 끄덕인다.

"누군데?"

영수는 손가락에 묻은 솜사탕을 쪽쪽 빤다. 달콤한 맛이 내게도 느껴지는 것 같다.

"아, 아빠요."

나는 영수의 손을 잡았다. 울음이 뚝 그쳤다. 손이 작고, 통통하고, 따뜻하다. 뱃속에서 뭔가가 울컥, 솟아났다. 바이킹을 탄 것도 아닌데.

"나보고 아빠라고 부르라고 엄마가 시키드나?"

내가 묻자 영수는 답을 하지 않고, 또다시 훌쩍거리기 시작했다. 여자가 갑자기 나타나 내 등을 찰싹, 때렸다.

"애를 왜 울리고 그래? 영수야, 화장실 가서 손 씻고 와. 솜사탕 때문에 엉망이네."

영수가 아장아장 걸어간다. 방금 내가 나왔던 화장실로.

"아이고, 뒤뚱뒤뚱 오리처럼 걷는 게 딱 니 닮았네."

내가 말을 던져 본다.

"어이가 없네. 내가 보기엔 딱, 오빠를 닮았는데."

"오빠? 니, 진짜로 내 동생이가?"

엄마는 내 머리를 집게손가락으로 툭, 찍었다. 영수가 말을 잘 안 들을 때 하는 버릇과 똑같다.

"오늘 좀 이상하다. 어디 딴 세상에 다녀온 것 같네. 오빠나 나나 같은 보육원 출신인 거 몰라?"

"아, 알제. 술이 덜 깨서 그렇다니까."

머리가 깨질 것처럼 아프다.

"그나저나 잘 키워 줄 거지?"

"무슨 소리고 그게?"

"어젯밤에 다 약속해 놓고서는. 보육원에 보낼 바에 오빠가 키울 거라고 했잖아. 우리가 이렇게 사는 게 다 부모 사랑을 못 받고 커서 그렇다며? 오빠 말을 믿은 내가 잘못이지. 됐어. 나도 억지로 떠맡기기는 싫어. 오빠 혼자 영수를 잘 키울 거라고는 생각도 안 했어. 보육원에 보내는 것도 내키지 않고. 대신 보태 주기로 약속했던 양육비나 꼬박꼬박 잊지 말고 보내 줘. 한 달이라도 빼먹기만 해. 다시 찾아와서 몰래 맡겨 놓고 갈 테니까."

"내가 왜 양육비를 보내 줘야 하는데?"

엄마가 눈을 흘겼다.

"내가 낳은 자식은, 오빠의 자식이나 다름없다며? 아빠처럼 돌봐 주고 싶다는 말, 빈말이었어?"

엄마는 내 손을 잡는다. 나는 엄마의 눈동자를 바라본다. 도무지 거부할 수가 없다.

"흠흠. 내가 언제 빈말하는 거 봤나? 아빠는 무슨. 삼촌이나 할란다. 니는 내 여동생이니까."

"영수 온다. 애 앞에서 이상한 말 꺼내지 마."

엄마는 쉿, 하고 손을 입에 갔다 댔다. 영수가 아장아장 걸어왔다. 손을 바지에 쓱쓱 닦으면서. 그때 갑자기 천둥이 꽝, 하고 내리쳤다. 하늘에 구름 한 점 없는데 번쩍, 불빛이 나더니 잠시 후 또다시 꽝. 영수가 자지러지게 울기 시작했다.

나는 아이의 손을 꽉 잡았다. 지릿, 하고 감전이 된 것 같은 기분이 든다. 지켜 주고 싶다, 사랑해 주고 싶다는 기분이 가슴속에서 뭉글뭉글 부풀었다. 달고나를 만들 때 설탕에 소다를 넣은 것처럼.

"비가 오기 전에 가자."

"어디를요?"

영수가 물었다.

"어디긴, 부산 타워에 올라가야지. 여기까지 왔는데 건너뛸 수 있나. 아래층 팥빙수도 맛있다 아이가."

말이 끝나기도 전에 비가 쏟아지기 시작했다. 나는 영수를 둘러 업고 뛰기 시작했다. 생각보다 가벼웠다. 하지만 몇 발짝 가기도 전에 균형을 잃고 바닥에 쓰러져 버렸다. 한쪽 다리가 불편하다는 걸 깜빡했던 거다.

바닥에 붉은 액체가 번져 나간다. 어디서 페인트라도 쏟았나, 아니면 물감인가? 아니다. 이건 피다. 내 피. 이렇게 많이 흘러나올 리가 없는데…… 용두산 공원 바닥을 벌겋게 물들이고 있다. 영수가 쪼그리고 앉아 손가락으로 피를 찍어 입에 넣는다. 세상에서 가장 맛없는 거라도 먹은 듯 얼굴이 일그러진다. 그리고 번개가 내 머리 바로 위에서 번쩍했고 나는 정신을 잃었다.

*

나는 자리에서 벌떡 일어났다. 축축한 시멘트 바닥이 아니라 푹신한 소파였다. 용두산 공원이 아니라 우주맨션 지하다. 멍하니 그대로 누워 있었다. 휴대폰을 확인해 보니 벌써 하루가 지나가 버렸다.

우두두, 빗소리가 들리더니 쾅, 하고 천둥이 쳤다. 나는 신영수다. 더 이상 삼촌이 아니다. 그의 피를 마신 후, 꿈속에서 그가 되었던 것이다.

야아아옹.

거실 한구석에 털이 온통 까만 새끼 고양이가 보인다. 어떻게 여기에 들어왔을까? 킁킁 여기저기 냄새를 맡더니 피아노 쪽으로 사뿐사뿐 걸어가서 의자에 몸을 비볐다. 나는 자리에서 일어나 고양이에게 손을 뻗었다. 부드럽고 매끈한 털이 손가락 사이를 지나갔다. 고양이를 잡으려 손을 오므렸지만 녀석은 후다닥 밖으로 도망가 버렸다.

피아노 앞에 앉았다. 뚜껑을 열고 왼쪽 끝에 있는 건반을 지그시 눌러 봤다. 소리가 제대로 나지 않는다. 피아노 아래를 슬쩍 내려다보니 한쪽이 찌그러진 흔적이 보였다. 주먹으로 쿵, 피아노 건반을 쳤다. 피아노는 잘못한 게 하나도 없는데도 마구 피아노를 때렸다. 쿵쿵, 또다시 쿵. 그럼 그렇지……. 그가 아빠가 아니어서 다행이다. 그러나 피도 하나도 섞이지 않은, 뭐 이런 삼촌이 다 있어?

피아노 안의 현들이 사나운 짐승의 울부짖는 소리를 냈다. 주먹이 얼얼했다.

딩동, 초인종이 울렸다. 잘못 들었나? 하지만 다시 딩동, 딩동. 엄마다! 현관으로 뛰어가 손잡이를 잡았다. 이상하다. 엄마는 집에 들어올 때 초인종 따위는 누르지 않는데.

나는 침을 꿀꺽 삼켰다. 그리고 문을 열었다.

3부

우주 소녀 **음악이 우리를 구원할 거야**

13

문이 열리자, 후드 티 차림의 남자아이가 고개를 내밀었다.

"엄마?"

녀석은 눈을 크게 뜨고 나를 쳐다본다. 이것 참. 내가 어딜 봐서 네 엄마니?

가슴 부분에 흉한 얼룩이 져 있다. 낯빛도 안 좋았다. 어디 아픈 건 아닌가 걱정이 들 정도로.

"그게, 나비, 아니 검은 고양이가 이 집으로 들어갔거든. 저 창문으로 말이야. 봤어?"

남자아이는 쓴 약을 삼킨 것같이 얼굴을 찡그렸다.

"보긴 봤는데 이렇게 늦은 시간에……."

"정말 고양이를 봤다고?"

현관문 안쪽을 들여다봤지만 고양이는 보이지도 않고, 울음소리도 들리지 않았다.

나는 휴대폰을 슬쩍 봤다. 밤 11시 55분. 앗, 마리안느의 컴백이오 분밖에 남지 않았다. 동영상 사이트를 접속했지만 데이터 고갈로 접속 불가. 이제 삼 분밖에 안 남았다.

"좀 급해서 그러는데, 와이파이 쓸 수 있어?"

할머니 집에서 검색되던 단 하나의 와이파이 신호가 이 집에서 나오는 게 아닐까 하는 생각이 들었다. 남자아이는 물끄러미 나를 쳐다보더니 마지못해 고개를 끄덕였다. 맞구나!

"들어오세요. 안쪽이 신호가 잘 잡혀요."

망설임 없이 안으로 들어갔다. 모르는 사람을 조심하라는 할머니의 당부가 생각났지만 나보다 어린 아이는 포함되지 않을 거라고 제멋대로 판단했다.

코를 막았다. 음식물이 썩어 가는 냄새와 덜 말린 빨래에서 나는 냄새가 진동을 했다. 현관에는 더러운 운동화와 슬리퍼가 아무렇게나 놓여 있고, 거실에는 쓰레기 봉지, 컵라면과 플라스틱 용기, 벗어 놓은 옷과 철 지난 이불로 엉망진창이었다. 돌아가야 하나?

아이는 얼룩진 소파에 털썩 앉아 후드를 뒤집어썼다. 게임기 콘솔을 잡더니 뒤꽁무니가 튀어나온 텔레비전 화면에 시선을 돌렸다. 앞으로 볼록 튀어나온 브라운관에 금이 난 데다 모서리 부분은 얼룩덜룩했다. 우리 할머니도 몇 년 전까지 저런 모델을 사용했다. 아빠가 몇 년 전에 평면 텔레비전으로 바꿔 드렸지만.

와아아 하는 함성 소리와 함께 유니폼을 입은 선수들이 초록색 잔디 구장을 달린다. 남자아이들이 점심시간에 운동장에서 하는 것처럼 서로 공을 빼앗기 위해 부딪치고 넘어진다.

"지하 소년이에요."

"응?"

"제 별명이요."

누가 그런 거 물어봤나?

"와이파이 비밀번호 말이에요. 지하 소년이에요. 영어로 언더그라운드보이(undergroundboy)."

아, 비밀번호. 와이파이에 접속했다. 벌써 자정에서 오 분이 지났다. 동영상 사이트에 가 보니 마리안느의 신곡 「솔라 세일(Solar Sail)」이 올라와 있다. 재생 버튼을 터치하는 손가락이 살짝 떨렸다. 마리안느가 돌아온 것이다.

잔잔한 피아노 멜로디가 나오면서 연한 핑크색으로 긴 머리카락을 염색한 비너스가 나타나 노래를 부르기 시작했다. 리더답게 언제나 자신감 있는 눈빛과 목소리.

'답답한 이곳을 언제쯤 벗어날 수 있을까? 너에게 닿을 수 있다는 희망은 점점 사라져 가고. 아 윌 미츄. 섬데이, 원데이, 메이비

네버.'

비트가 빨라지면서 네 명의 멤버가 춤을 추기 시작한다. 어둠 속에서 조명을 살짝 받아 몸의 곡선만 보인다. 베이스 드럼과 팔 동작의 싱크가 정확히 맞는다. 진한 보라색 유니폼에 다리와 허리를 세로로 관통하는 형광빛이 뱀처럼 꾸물거린다. 가슴에는 마리안느의 첫 알파벳 엠을 딴 배지를 달고 있다.

비너스보다 약간 머리가 짧고 금발인 수진이 다음 소절을 이어받는다. 지난 뮤직비디오에서는 솜털이 보일 정도로 앳된 얼굴이었는데 이제 제법 어린 티를 벗었다. 메인 보컬인 니키가 고음을 내며 손가락을 위로 향한다.

'지금이 굿 타이밍, 우주에 신호를 보낼 절호의 기회. 카운트다운을 시작해. 스리, 투, 워어어언.'

현란했던 신시사이저 음이 사라지고 리버브 효과를 낸 박수 소리와 스네어 드럼 소리가 공간감을 만들어 낸다. 폭발하기 직전의 화학 반응처럼 치이이익, 금속이 녹는 소리가 난다. 곧이어 쿵, 쿵, 베이스 드럼이 점점 빨라지다가 시공의 벽을 넘는 듯한 굉음이 난다. 곧이어 노이즈가 잔뜩 섞인 베이스가 흘러나오고 마침내 제이가 화면에 잡힌다. 랩 담당이라 화면에 단독 숏으로 잡힐 유일한 기회다. 보라색 머리카락이 조명에 반사되어 빛난다.

'오늘 밤 하늘을 바라봐. 유성보다 빠른 유에프오 세븐틴. 우리의 비트는 유니버셜. 지쳤어, 망가졌어, 견딜 수가 없어. 이젠 네가 몸을 던질 차례. 우주가 널 부르고 있어. 솔라 세일을 쏘아 올려. 스피드 업 위드 선 라이트. 비 레디. 돈츄 노 댓, 유 캔 리브 온리 웬 유 댄스.'

번쩍, 밖에서 번개가 친다. 온몸에 전기가 흐르는 것처럼 찌릿하다. 마리안느의 메시지가 내 몸을 타고 흐른다.

제이의 목소리는 지난번보다 약간 더 허스키해졌지만 또렷하게 들렸다. 외국에서 오랫동안 살다 온 것 같은 발음 때문에 빈정거리는 댓글이 많았다. 멤버들의 나이, 출생지 등은 철저히 비밀이다. 완전체가 되면 모두 공개될 예정인데도 억측들이 난무했다. 신비주의 마케팅은 대형 기획사 아이돌에나 적용된다는 둥, 노래가 대중적이지 않아 오래 못 갈 거라는 둥, 제이는 데뷔했다가 폭망한 아이돌 그룹의 남자 멤버라는 터무니 없는 루머까지…….

사람들이 간과하는 게 있다. 지금까지 마리안느가 발표한 노래 중 세 곡은 제이가 작사 작곡에 참여했다는 걸. 변화무쌍한 드럼 비트와 알쏭달쏭한 랩 가사는 틀림없이 제이의 작품이다. 마리안느를 마리안느답게 만드는 건 제이인 것이다. 팬 카페에 가 보면 멤버 중에 제이가 가장 인기가 없다. 멤버별 게시판이 있는데, 제이의 게시판은 내가 글을 쓰지 않으면 썰렁해질 정도다. 괜찮다. 이 우주 소녀가 꿋꿋이 지켜 주고 있으니까.

정신을 차리기도 전에 노래가 끝났다. 뮤직비디오의 마지막 장면에서 누군가 손을 위로 뻗었다. 다른 멤버들이 그 손을 잡기 위에 팔을 뻗었지만 손은 화면 아래로 천천히 내려갔다. 가냘프고 새하얀 그 손은 마지막 멤버의 것이겠지.

나는 팔을 뻗어 내 손을 찬찬히 살펴보았다. 동영상에서 봤던 것과 비슷한 것 같기도 하다. 화면을 정지시켜 손금을 확인해 보니 진짜로 닮았다. 할머니는 가끔 내 손금을 봐 주시는데 첫 번째 가로 선이 감정선, 두 번째가 지능선이라고 했다. 나는 감정선은 길지만 지능선은 짧다. 동영상의 주인공도 마찬가지였다.

"가사가 좀 유치하네요. 외계인이 지구라도 정복하려나 봐."

지하 소년은 키득키득 웃는다. 게임을 하는 줄 알았는데 음악을 듣고 있었나 보다. 하긴, 휴대폰의 음량을 최대로 해 놨으니까.

"여기 부모님은 안 계셔?"

녀석은 대답을 하지 않는다. 베란다가 있어야 할 자리는 벽으로 꽉 막혀 있고 지상으로 올라가는 쪽의 창문도 골판지로 막혀 있었다. 이곳에 마지막으로 발을 디딘 지는 오래되었지만 내부 구조는 그릴 수 있을 정도로 잘 알고 있다. 할머니 집은 방이 세 개지만 여기는 두 개다. 그 대신 거실이 할머니 집보다 훨씬 크다.

부엌 싱크대엔 그릇과 냄비가 켜켜이 쌓여 있고, 색이 누렇게 변한 냉장고가 놓여 있다. 그리고 피아노. 검은 피아노가 한쪽 벽을 차지하고 있다.

"엄마는 사라졌어요. 아빠는 없고."

사라졌다는 게 정확히 어떤 뜻인지, 아빠가 없다는 것이 돌아가셨다는 건지 지금 없다는 건지…… 더 묻기가 부담스러워 잠자코 있었다.

"좀 전에 네가 피아노를 쳤니?"

녀석은 대답 대신 피아노 뚜껑을 닫아 버렸다.

"새로 이사 왔어요?"

"아니, 바로 위층에 사는 할머니 집에 놀러 온 거야. 잠시."

나는 잠시라는 점을 강조했다.

"그렇구나. 맨션 사람들은 죄다 이사를 갔거든요. 텅 비어 있는 줄 알았는데……."

"초등학생이니?"

"뭐라는 거예요? 내년에 중학교 2학년 올라가요!"

녀석은 갑자기 일어나더니 내 팔을 잡는다. 아얏, 하고 소리를 지를 뻔했다.

"앗, 미안해요. 갑자기 어지러워서."

"괜찮아? 어디 아파?"

나는 비틀거리는 녀석이 소파에 눕도록 도와 주었다.

"내일 아침에 병원에 가 봐. 독감이 유행이거든."

"독감보다 더 지독한 병에 걸렸어요."

녀석이 얼굴을 찡그린다.

"뭔데? 119라도 불러 줄까?"

"뱀파이어가 되었어요. 크리스마스이브에."

푸핫, 웃음이 나와 버렸다. 여기에 사는 아이들은 죄다 상상력이 지나치다.

"야, 네가 뱀파이어라면 나는 마리안느의 마지막 멤버겠다."

"그게 뭔데요?"

설명을 해야 하는데 도대체 어디서부터 해야 할지 몰라 나는 자리에서 일어났다. 와이파이가 위층에서도 터지길 바라면서.

"조금만 옆에 있어 줄래요?"

녀석의 모습이 안타까웠지만, 빨리 여길 뜨고 싶다. 병든 길고양이를 애써 외면하고 싶은 기분이라고 할까? 지하 소년이 가엾기도 하고, 아이의 엄마 때문에 화가 나기도 하고, 내가 그 아이가 아니라는 사실에 안심이 되기도 한다. 이런 복잡한 감정을 예전에도, 바로 이 자리에서 느꼈다. 갑자기 얼굴에 열이 화악 올라서 소파에 주저앉아 버렸다.

"사실은 나, 여기 자주 와 봤어. 네가 이사 오기 전, 이곳에 친한 친구가 살았거든. 여름 방학 때면 매일 여기서 놀곤 했어."

아이는 대답이 없다. 내 어깨에 머리를 기대어 눈을 감고 쌔근쌔근 숨을 쉬고 있다. 팔걸이가 닳아서 매끈해진 소파, 오래된 텔레비전, 무거운 유리를 깐 거실의 테이블. 이 모든 게 혜수네가 쓰던 것과 똑같다. 혜수네가 떠나고 누가 이사를 왔을까 궁금했는데, 이 아이가 폐허가 된 곳에 도둑고양이처럼 자리를 잡았구나.

지하 소년의 머리에 손을 가만히 대 본다. 뜨거운 건지, 차가운 건지 잘 모르겠다. 식은땀이 살짝 나는 것 같기도 하고. 녀석은 아예 머리를 내 무릎에 대고 누워 버렸다. 나는 하는 수 없이 그대로 앉아 휴대폰으로 마리안느의 뮤직비디오를 반복해서 봤다.

'이젠 네가 몸을 던질 차례. 우주가 널 부르고 있어. 솔라 세일을 쏘아 올려. 스피드 업 위드 선 라이트. 비 레디. 돈츄 노 댓, 유 캔 리브 온리 웬 유 댄스.'

제이의 랩을 중얼거려 본다. 이제 내가 몸을 던질 차례라고, 우주가 날 부르고 있다고, 준비하라고, 춤을 춰야만 살 수 있다고 제이가 말한다. 도대체 어떻게 춤을 추라는 거지? 마리안느처럼 춤을 추라면 죽었다 깨어나도 불가능할 텐데. 고작해야 박자에 따라 고개를 끄덕거리는 것밖에 하지 못할 텐데.

나는 지하 소년의 머리를 살며시 내려놓고 자리에서 일어나 피아노로 다가갔다. 뚜껑을 열고 왼편의 건반을 하나 쳐 본다. 퉁, 하고 피아노의 진동이 온몸을 울렸다. 솔솔 라라 솔솔 미. 조율이 엉망이다. 의자를 열어 보니 악보가 나온다. 어디 있더라…… 찾았다. 치기 쉬운 클래식 명곡. 페이지를 접어놓은 부분을 펼쳤다. 쇼팽의 녹턴 9번 제2악장. E플랫 장조를 C장조로 쉽게 편곡한 거다. 이걸로 혜수에게 피아노를 가르쳐 줬는데. 악보에 내가 써 놓은 손가락 번호가 그대로 남아 있다.

'내가 잘못 들은 거겠지. 조금 전 이 자리에서 혜수가 피아노를 쳤을 리가 없어.'

피아노를 쳐 보았다. 8분의 12박자니까 3박자로 나눠서 천천히, 우아하게. 더듬더듬 기억을 되살려 본다. 장조의 곡인데 왜 슬프게 들리냐고 혜수가 물어본 적이 있다. 장조냐 단조냐가 음악의 느낌을 전적으로 결정하는 건 아니다. 느낌은 피아노를 치는 사람이나 듣는 사람의 마음 상태에 따라 얼마든지 달라질 수 있다. 나는 이 곡이 우아하다는 생각은 해 봤지만, 슬프다는 생각은 한 번도 해 본 적이 없었다. 그런데 오늘은 어쩐지 조금 슬프게 들리기도 한다. 외롭고 아슬아슬할 정도로 불안하다.

연주를 마치고 뒤를 돌아보니 지하 소년은 소파에서 깊게 잠들어 있었다. 자장가라도 들은 것처럼 곤히. 살며시 밖으로 나왔다. 밖은 쥐 죽은 듯 조용했다. 비도 그치고, 바람도 잦아졌다. 갑자기 야아아옹, 하고 나비가 나타나 종아리에 얼굴을 비볐다. 나는 나비를 잽싸게 끌어안고 계단을 올라갔다. 살아 있는 나비의 체온 때문에 온몸이 따뜻해졌다.

14

중학교 시절의 기억은 희미하고 뒤죽박죽이다. 몇몇 아이들과 선생님의 얼굴은 떠오르지만 학교와 학원에서 무슨 일이 있었는지, 정확히 무얼 배웠는지 모르겠다. 시험을 치기 직전까지 달달 외웠던 것들도 여름 한낮에 뿌려진 물줄기처럼 증발해 버렸다. 누군가 시키는 대로 책을 펴고, 문제를 풀고, 외웠던 기억뿐이다. 기상, 학교, 점심, 학원, 저녁, 학원, 귀가. 또다시 기상.

해독의 시간이 필요했다. 지구인의 습성을 깨끗이 걸러 줄 시간이. 일 년에 한 달 정도 여름 방학 기간에 혜수를 만나면 자연스럽게 해결되겠지만 혜수네는 이사를 가 버렸고, 혜수는 가출을 한 이후로 연락이 두절되었다. 나도 더 이상 한가하게 여름 방학을 부산에서 보낼 수가 없었다. 몸도 마음도 비실비실, 점점 나빠지고 있었다. 불치병에 걸린 것처럼.

나의 희망은 단 하나, 지구를 탈출하는 것이다. 지구에 머물러 있으면 내 병은 점점 악화될 뿐이다. 하지만 그 방법을 도무지 찾아낼 수가 없었다.

성적은 상위권이었기 때문에 엄마와 친구들은 내가 별문제 없다고 생각했을 것이다. 중학교 3학년 때는 반에서 1등, 전교 10등에 든 적도 있다. 그건 내 실력 때문이 아니라 전교 1등을 놓치지 않았던 병수 덕분이었다.

녀석은 학교에서 맨날 잠만 잤는데, 소문에 따르면 집에서 매일 밤새워 공부를 하기 때문이라고 했다. 내가 알기로 병수는 독서실에서도 맨날 잠만 잤다. 같은 독서실을 다녀서 잘 안다.

중간고사를 앞둔 어느 날, 엎드려 잠든 녀석의 책상 위에서 캡슐을 발견했다. 몰래 살펴보려는데 병수가 내 팔을 꽉 붙잡았다.

"칫, 이걸 먹으면 머리가 좋아지기라도 해?"

녀석은 응, 하고 짧게 대답했다.

TRA-P 15. 새끼손톱만 한 크기의 하얀 알약에는 깨알 같은 글자로 그렇게 쓰여 있었다. 나는 캔 커피와 함께 캡슐을 꿀꺽 넘겼다. 녀석이 고함을 치며 말렸지만 내가 좀 더 빨랐다. 처음엔 약간 잠이 오는 듯했다. 속았나 싶었지만, 약을 먹고 난 후에 읽었던 책의 내용이 마치 뇌에 이미지처럼 저장되어 생생하게 기억이 났다. 며칠 후, 녀석에게 부탁했다.

"이런 걸 혼자 먹는 건 반칙 아냐? 나도 좀 구해 줘."

병수는 단칼에 거절했다. 돈을 준다는 말에, 그게 문제가 아니라고 했다. 다른 아이들에게 소문을 내 버리겠다고 협박했는데도 완강했다.

"이거, 중독성이 강해. 부작용도 심하고. 너무 많이 먹으면 헛것도 보이고 환청도 들린다고. 그러니까 먹지 마. 나도 이걸 먹기 전으로 돌아가고 싶어."

저 혼자 공부를 잘하기 위해서라는 걸 누가 모를 줄 알고? 병수가 독서실에 나오지 않던 날, 책상을 뒤졌다. 운 좋게 쓰레기통에서 약 포장지를 찾아냈다. 회사 이름이 좀 이상했다. '넥스타'. 전화를 걸어 약을 주문하려니 추천인이 누구인지 물어봤다. 병수의 이름을 대니 주문을 받아 줬다. 가격은 생각보다 비쌌지만 한 과목 학원비보다는 싸니 따져 보면 이득이었다.

입금한 지 일주일이 지나서야 약이 배달되었다. 권장량은 성인의 경우 하루에 한 알. 나는 두 알씩을 먹었다. 효과는 기대 이상이었다. 암기력만 좋아지는 게 아니었다. 평소에는 전혀 이해할수 없었던 수학이나 물리도 머릿속에 섬광이 번쩍이듯 단번에 이해가 되었다.

중간고사는 반에서 5등에서 1등으로, 전교 등수는 50등에서 10등으로 수직 상승했다. 성적만 상승한 게 아니라 인기도 상승했다. 학교에서 인기를 얻는 방법은 외모나 성격이 아니라, 성적향상이라는 걸 진즉에 알아차렸어야 했다. 마치 최신 기종의 휴대폰으로 업그레이드된 기분이었다.

아이들이 성적 향상의 비결이 뭐냐고 묻길래 친절하게 설명해 주었다. 학원 따위는 필요 없다고. 수업 시간에 집중하고 교과서를 잘 읽으면 된다고. 특히, 잠을 많이 자야 한다고. 그래야 뇌가 쉬는 동안 낮에 공부했던 것을 잘 흡수하게 된다고. 후훗.

약을 먹은 지 한 달쯤 지났을까? 부작용이 찾아왔다. 전날 외운 건 선명히 기억이 나는데 사흘 전에 외운 건 하나도 기억나지 않았다. 좋아하는 아이돌 멤버의 이름이나 노래 제목, 심지어 선생님의 이름이 기억나지 않을 때도 있었다. 주말에 일찍 일어나 학교에 간 적도 있다. 겁이 나서 약을 끊어 봤지만 사흘도 채 참지 못했다. 평범했던 나로 돌아가고 싶지 않았기 때문이다.

기말고사가 시작될 무렵, 약을 주문하려고 전화를 했는데 없는 번호라는 안내가 흘러나왔다. 병수는 전학을 갔다. 학교에서 자다가 그대로 쓰러져 119에 실려 갔다는 소문을 들었다. 수소문해서 다른 약을 먹어 보기도 했다. 각성제, 총명탕, 종합 비타민. 어떤 것도 TRA-P 15만큼의 효과는 없었다. 잠시 정신이 번쩍 들거나, 잠이 덜 올 뿐이었다. 이럴 줄 알았으면 무리해서라도 많이 주문해 놓는 건데…… 후회해 봤자 소용없었다.

기말고사를 망쳤다. 전교 10등에서 44등으로 미끄럼을 탔다. 다음 학기 중간고사도 망쳤다. 44등에서 99등으로 수직 낙하. 약의 존재를 몰랐으면 더 좋았을 텐데, 난 아래로, 더 아래로 떨어지고 있었다. 조금 특별한 아이가 되고 싶었는데 보통 이하의 아이가 되어 버린 것이다.

친구들의 비웃음이 여기저기서 들리는 것 같았다. 그럼 그렇지, 가끔씩 반짝 성적이 잘 나오는 경우가 있다고. 친한 척했던 아이들도 나를 멀리했다. 나한테 친구가 있긴 했나? 실은, 약을 먹고 있는 동안 친구 따위는 생각할 겨를도 없었다. 독서실에 혼자 앉아 있는 시간이 너무나 행복했기 때문이다. 약에 취해 영어 단어를 중얼거리고 있으면, 당장 미국 땅에 떨어진다 해도 원어민과 대화할 수 있을 것만 같았으니까. 과학 문제를 풀고 있으면 우주의 탄생 과정을 금방 파악할 수 있을 것만 같았으니까. 컵라면 냄새가 풍기는 편의점 창밖, 희미하게 반짝이는 별을 보면 내가 어디에서 왔는지 알 수 있을 것도 같았으니까.

*

유난히 추울 거라는 겨울이 바짝 다가오고 있었다. 엄마의 성화로 학원을 옮겼다. 개인별 집중 관리를 받아 단기간에 성적을 올릴 수 있다는 곳이었다. 엄마는 나의 비밀을 모른 채, 열심히만 하면 예전 성적을 찾을 수 있을 거라고 믿고 있었다. 그 덕분에 나는 더 바빠졌고, 정신은 더 없어졌다. 학교에서도, 학원에서도 책상에 엎드려 있을 때가 많았다. 배터리가 방전되어 충전을 아무리 해도 금방 닳는 것처럼.

그날은 귀가 뜨겁고 속이 울렁거려 도무지 학원 수업을 들을 수 없었다. 저녁도 못 먹었다. 떡볶이 냄새만 떠올려도 토할 것 같고, 커피를 더 마신다면 가슴이 두근거리다 못해 심장이 튀어나올 것 같았다. 학원에서 빠져나와 무작정 걸었다. 발목이 시큰거려 정신을 차려 보니 건물과 사람들이 뜸한, 한 번도 와 보지 못한 거리였다. 바로 앞에 4차선 도로를 잇는 육교가 보였다.

육교 건너편에는 보기만 해도 따뜻한, 노란 조명이 반짝이고 있었다. 새로 생긴 쇼핑몰인가? 따뜻한 곳에 들어가 쉬고 싶었다. 휴대폰을 끄고 영원히. 영화관이 있다면 어둠 속에 몸을 파묻고 한숨 자면 딱 좋은데. 공포 영화만 아니라면 편안히 잠들 수 있을 텐데.

맞은편으로 가기 위해 육교의 계단을 올랐다. 생각보다 계단이 꽤나 많아서 중간에서 숨을 가다듬어야 했다. 꼭대기에 도착하자 바람이 거세게 불었다. 육교 한가운데쯤에서 발걸음을 멈췄다. 스프레이로 삐뚤삐뚤, '어차피 이번 생은 망했다'라고 적힌 낙서가 보였다. 친한 친구가 생긴 기분이 들었다. 망한 사람이 나 혼자가 아니었구나. 육교 난간에 기대어 멍하니 하늘을 바라보았다.

노을이다. 온 세상을 진홍색으로 물들이는 노을. 진홍색에서 보라색으로, 그리고 푸르스름한 검은색으로 자연스럽게 변해 갔다. 마지막으로 하늘을 본 게 언제였을까? 지평선 부근에 별 하나가 반짝였다. 문득, 내가 살아야 할 곳은 이곳이 아니라 저곳이 아니었을까,라는 생각이 들었다.

저 별로 가야 한다. 이곳은 재미가 없다. 의미도 없다. 살면 살수록 내가 하나도 특별하지 않다는 것만 알 수 있을 뿐, 나를 점점 잃어 갈 뿐이다. 비참해질 뿐이다. 다들 바보다. 그중 가장 바보는.

풋, 하고 웃음이 튀어나왔다. 성적 비관 따위로 자살을 했다는 기사를 읽었을 때 어떤 바보가 그런 짓을 하나 싶었다. 바로 그 바보가 내가 될 수 있다니. 진부하다 못해 한심할 지경이었다.

가방을 내려놓고 난간을 만져 보았다. 손이 얼어붙을 것처럼 시렸지만 이 정도는 참아야지. 난간에 찰싹 달라붙어 한 걸음 한 걸음 위로 올라갔다. 이럴 줄 알았으면 치마 대신 운동복으로 갈아입을걸. 난간의 맨 위쪽을 두 손으로 잡았다. 조금만 더 힘을 내면 된다. 그러면 지구를 탈출할 수가 있다.

부우우웅, 거대한 트럭이 굉음을 내며 다가왔다. 육교가 휘청거리는 것 같았다. 지이이잉, 하는 고주파의 이명이 들린다. 머리가 깨질 것 같다. 섬광이 번쩍거려 눈을 감아 버렸다. 앗, 나는 균형을 잃고 뒤로 떨어져서, 엉덩방아를 찧고 말았다. 눈물이 찔끔 날 정도로 아팠다.

"뭐야? 꼴사납게. 이런 데서 뛰어들면 사람들이 피곤해지잖아."

여자아이가 내게 손을 내밀었다. 노랗게 염색한 머리를 허리까지 늘어뜨렸다. 오뚝한 콧날과 짙은 쌍꺼풀, 반짝거리는 코트 안의 쇼트 팬츠. 뮤직비디오에서 막 튀어나온 것 같다.

"너는 하나도 안 변했구나. 현지야."

그 아이는 양손으로 내 볼을 만졌다. 익숙한 손길이다.

"귀신이라도 본 것 같은 얼굴이다? 어디 따뜻한 데로 가자. 배고파 죽겠다고."

혜수였다. 혜수가 나를 만나러 온 것이다.

15

나는 혜수의 손에 이끌려 육교 건너편으로 내려왔다. 따뜻한 불빛이 반짝거리는 건물로 곧장 들어가 지하로 내려가는 에스컬레이터를 탔다.

"으아, 신난다. 여기에 맛있는 게 다 모여 있거든. 참, 돈 있어?"

나는 얼떨결에 지갑에서 카드를 꺼냈다. 엄마가 비상시에 쓰라고 준 거다. 나는 자리를 잡고 있고 혜수가 음식을 주문해서 들고 왔다. 초밥 세트, 햄버그스테이크, 베트남 쌀국수……. 나는 딱히 배가 고프지 않다고 했지만, 혜수는 아랑곳없이 음식이 담긴 식판을 날랐다.

혜수가 쌀국수를 후루룩거리며 먹는다. 초밥도 욱여넣는다. 나는 눈을 비볐다. 부산에 있어야 할 아이가 서울에서, 내 눈앞에 앉아 타르타르소스를 흘리며 연어 초밥을 먹고 있다니. 이건 뭔가 잘못된 거다. 약의 금단 현상 때문에 헛것이 보이는 거다.

나는 차가운 물을 한 모금 마시고 눈을 질끈 감았다. 사라져라 혜수야. 내 눈앞에서 사라져. 하나, 둘, 셋. 눈을 떠 보니 혜수는 햄버그스테이크를 정사각형 모양으로 자르고 있다. 서너 점을 포크로 집어 먹더니 배를 두드리며 포크를 내려놓는다.

"으아, 이건 좀 무리네. 나만 먹고 있는 거 아냐? 연습실에서는 이런 거 못 먹게 하거든. 매일 아침 몸무게를 잰다니까."

"연습실?"

"나 이래 봬도 기획사에 소속된 아이돌 연습생이야. 아직 데뷔는 못 했지만."

혜수가 커다란 두 눈을 껌뻑거리면서 웃는다. 나는 그제야 혜수가 쌍꺼풀 수술을 하고, 눈 트임도 약간 했다는 걸 눈치챘다. 하지만 눈빛은 그대로다. 반짝반짝, 상대방의 마음을 뚫어보는 것 같은 눈빛.

"이게 다 네 덕분이야."

"으응?"

"네가 돈을 빌려줬잖아. 그 돈으로 집을 나올 수 있었거든. 첫 번째로 찾아간 기획사에서 사기를 당해서 고생을 좀 했지만 이번엔 괜찮아. 귀여움이나 예쁨을 담당할 수는 없어도, 작사 작곡이 가능한 실력파 아이돌이지. 맞다, 네가 피아노 가르쳐 준 것도 작곡에 도움이 많이 됐어. 데뷔를 하면 두 배로 갚아 줄 테니 걱정 마."

"정말 아이돌이 되는 거야?"

"빠르면 내년 중반쯤? 늦어도 후반에는 가능할 거야. 쉽지는 않아. 경쟁자들이 많다고. 학교보다 더 심해. 억지로 하는 게 아니라, 다들 죽자고 덤비니까."

"그렇게 힘든데 왜 아이돌이 되려고 고생하는 거야?"

"아이돌이라도 되어야지 사람들이 나를 쳐다보잖아. 그 전엔 어림도 없다고."

혜수가 아이돌 연습생이 되었다니, 성공한 가출이었구나! 하지만 석연찮은 구석이 있다. 예전에도 그랬던 것처럼 혹시 혜수는 내게 그럴듯한 거짓말을 꾸며 대고 있는 건 아닐까? 다시 혜수를 만나면 엄청 화가 날 줄 알았는데 아무렇지도 않다니, 신기했다.

"다 먹었으니까 이제 일어날까? 빨리 가야지!"

"어디를 가는데?"

"어디긴. 여기, 새로 생긴 쇼핑몰이야. 하루종일 둘러봐도 다 못 봐."

식판을 정리하고 에스컬레이터에 올라탔다. 한 손은 손잡이를, 다른 한 손은 혜수의 손을 잡고. 사람들이 흘깃 우리를 쳐다봤다.

크리스마스가 한 달 넘게 남았는데 홀 가운데에 이미 거대한 트리가 세워져 있었다. 우리는 한 층 올라갈 때마다 발길 닿는 대로 쇼핑몰을 구경했다. 꺄르르, 둘 다 웃음이 멈추지 않았다.

"이 옷 이상하지 않아?"

"뭐가? 교복보다 훨씬 잘 어울려. 이제야 좀 너다워 보인다."

우리는 피팅 룸에 함께 들어가 몸을 제대로 움직이지 못하고 있다. 혜수가 골라 준 소용돌이 모양의 헐렁한 스웨터를 교복 블라우스 위에 입고서. 여고생이 입을 만한 브랜드도 아닐뿐더러 가격도 엄청나다.

거울 속에 나와 혜수가 보였다. 다행이다. 혹시나 거울 속에 혜수의 모습이 없으면 어쩌나 걱정했다. 혜수가 다가와 내 어깨를 두 손으로 꼭 잡고 밀쳤다. 등이 벽에 쿵, 부딪쳤다. 합판으로 된 벽이 아니었다면 꽤나 아팠을 것이다.

"다시는 바보 같은 짓 하지 않겠다고 약속해."

혜수의 숨결이 느껴질 정도로 우리 사이는 가까워졌다. 스웨터를 입어서 그런지 온몸에 열이 났다.

"무, 무슨 짓?"

"그따위 짓을 하니까 내가 구하러 온 거잖아. 육교에서 뛰어내리면 우리 별에 갈 수 있다고 생각해? 내가 코피가 터지도록 연습하는 이유가 뭐라고 생각하는데?"

"아이돌이 되고 싶어서 그런 거 아니야?"

혜수는 내 볼을 살짝 꼬집었다.

"바보. 아직도 내가 뭘 하려는지 잘 모르는구나. 음악만이 우리를 구원할 수 있다는 거, 내가 말해 준 적 있지? 비트와 멜로디는 우주 공통의 언어야. 우리가 만든 음악에 공명하고, 우리가 상상하는 걸 진짜라고 믿는 사람들만 우리 별로 데려갈 수 있어. 카운트다운을 슬슬 시작해야 할 것 같아. 그들이 곧 찾아올 거야. 그러니까 조금만 기다려."

머릿속이 멍해졌다. 혜수가 이런 말을 진지하게 할 때면 언제나 그랬다.

"잠깐만. 그 리듬 머신은 다 고친 거야?"

"응, 네게 준다는 걸 깜빡했네. 네 덕에 업그레이드해서 우주의 신호도 수신할 수 있다고."

"어디 있는데?"

"엄마가 발견하지 못하게 우리 집에 꼭꼭 숨겨 뒀는데, 어디 였더라……."

그때 커튼이 확 열렸다. 사람보다 화장품 냄새가 먼저 우리를 덮쳤다. 눈썹을 진하게 그린 점원이었다.

"고객님, 피팅 룸에는 한 분씩만 들어가 주세요."

우리는 쇼핑몰 4층에 있는 대형 서점으로 들어갔다. 혜수는 피팅 룸에서 한 이야기는 까맣게 잊은 듯 이런저런 수다를 떨었다. 아이돌 멤버끼리의 연애 사건, 매번 평가를 받아야 하는 스트레스, 외모와 실력 때문에 생기는 시기와 질투 등등. 연습생 생활은 학교생활보다 더 힘든 것 같았다.

서점 안에 새로 발매된 음반을 들어 볼 수 있는 부스가 있었다.

혜수가 발걸음을 멈췄다. 은색으로 반짝이는 배경에 광고 문구가 적혀 있었다.

우주에서 방금 불시착한, 마리안느의 데뷔 앨범──레볼루션.

"여기 있네. 바로 이거야. 우리 회사가 사활을 걸고 밀고 있는 여자 신인 아이돌. 톡식이 잘 버텨 주고 있지만 곧 멤버들이 군대를 가야 하거든."

톡식(ToxiK)은 들어 본 적이 있다. 우리 반에도 팬이 있다. 혜수는 시디를 집어 들어 내게 건넸다. 교복을 입은 여자아이 네 명이 산더미처럼 쌓인 책상과 의자 위에 올라서 있었다. 맨 앞쪽 높은 곳에서 붉은 깃발을 들고 서 있는 아이가 리더인가 보다.

"내가 마리안느의 마지막 멤버가 될 테니까 기대해. 일단 이걸 들어 보고 감상을 말해 줄래? 나는 노트 사러 문구 코너에 좀 다녀올게."

헤드폰을 끼고 플레이 버튼을 눌렀다. 비장감이 감도는 현악기가 등장하고 전쟁터의 행진곡 풍을 연상시키는 북소리가 요동 쳤다. 첫 곡 「교문을 열며」가 시작되었다. 노이즈가 잔뜩 들어간 베이스와 무거운 드럼 비트가 귀를 때린다. 멜로디가 있는 노래라기보다는 중얼거리다가 고함을 지르는 랩에 가깝다. 후렴부에도 딱히 후크가 없다. 속지를 봐야 정확한 가사를 알겠지만 몇 소절이 귀에 꽂혔다.

학교를 떠나야 우리는 새롭게 태어날 수 있다고, 교문이 닫혀 있으면 담장이라도 부수라고…… 거친 드럼 소리와 함께 내 심장도 두근두근 떨렸다. 음악이 나와 공명하고 있는 것이다.

부르르, 휴대폰이 울렸다. 엄마다. 일시 정지.

—친구에게 한 턱 내는 날이니? 오늘 학원 빼먹은 거는 내가 한번 봐준다.

카드를 쓰면 엄마에게 정보가 간다는 걸 깜빡했다. 헤드폰을 벗고 주변을 두리번거렸다. 혜수가 보이지 않았다. 입구 쪽 신간 코너에도, 안쪽 문구 코너에도. 서점 밖으로 빠져나오자 삑삑, 경고음이 들렸다. 손에 마리안느의 시디를 쥐고 있었던 것이다. 그걸 계산하고, 서점을 빠져나왔다. 엄마는 더 화가 났겠지.

어디를 가야 할지 몰라 서점 앞에서 혜수를 기다렸다. 전화번호를 물어보지 못했다. 연습실에서는 전화를 쓰지 못한다고 했나? 쇼핑몰에는 문을 닫는다는 안내가 흘러나왔지만 움직일 수가 없었다. 물어볼 게 아주 많은데 혜수는 사라진 것이다. 내게 마리안느를 안겨 주고서.

*

마리안느의 데뷔 앨범에는 연주곡을 포함해 총 네 곡이 수록되어 있다. 「교문을 열며」에 이은 두 번째 곡은 「너를 좋아하는 이유」. 이 앨범에서 가장 생뚱맞은, 발랄한 댄스곡이다. 마리안느는 이 곡을 타이틀로 삼았다. 하트 모양의 풍선을 가득 채운 방에서 핑크빛 옷을 입고 파티를 하는 뮤직비디오는 앨범의 콘셉트와 전혀 어울리지 않았다. 아마 기획사가 억지로 대중적인 곡을 타이틀로 정한 것 같았다. 마리안느는 음악 방송에서 딱 한 번 무대에 올랐다. 결국 한 달 정도 활동하다가 소리 소문 없이 활동을 접었다. 나는 세 번째 곡 「U.F.O.」가 가장 좋았다. 지구를 탈출하기 위해서 우주선을 만든다는 내용이다. 작사 작곡에 여러 명이 참여했는데 혜수의 이름은 없었다.

마리안느는 아이돌 그룹 서넛을 배출해 낸 중소 규모의 기획사의 비밀 프로젝트라 알려진 정보도 별로 없었다. 팬 클럽에 가입하고, 가사를 곱씹고, 뮤직비디오를 수십 번, 수백 번 반복해서 보고 댓글을 읽었다.

앨범 타이틀이 『레볼루션』이니까 학교를 뒤엎자는 건가, 하고 생각했는데, 알고 보니 앨범 커버는 「민중을 이끄는 자유의 여신」이라는 프랑스혁명을 다룬 그림을 패러디한 것이다. 그룹 이름 마리안느도 깃발을 프랑스 국기를 들고 선봉에 있는 여자의 이름을 딴 것이었고.

엄마에게 마리안느의 앨범을 보여 주었을 때, 한숨을 내쉬었다. 숭고한 혁명을 돈벌이에 이용한다고, 나 같은 아이가 현혹되니까 그런 아이돌이 만들어지는 거라고. 차라리 똑같은 이름의 식물이 앨범 커버로 더 어울릴 거라는 어이없는 소리를 했다. 하지만 엄마가 모르는 게 있다. 마리안느에게는 진심이 있다는 걸. 전달하려는 간절한 메시지가 있다는 걸. 상상력이 부족한 지구인은 그런 메시지를 수신하지 못하는 것이다.

마리안느가 첫 번째 앨범을 내고 사라질까 조마조마했는데, 다행히 석 달 후 디지털 싱글 「웜홀(Wormhole)」을 냈다. 지난번 댄스곡의 실패를 경험 삼았는지, 실험적인 비트와 멜로디의 노래였다. 이 노래에서 제이는 혼자서 랩을 내뱉는다. 일부러 힘을 주지는 않았어도 귀에 척척 감기는 스타일이라 좋았다. 아무도 나를 이해하지 못한다 해도 괜찮다고. 기다림은 지칠 테지만 우리가 만날 때까지 견뎌 달라고. 그때까지 부디, 자신이 누군지 잊지 말아 달라고……. 마치 나에게만 전하는 메시지를 듣는 기분이 들었다. 제이의 팬이 되지 않을 수가 없었다.

「웜홀」은 뮤직비디오도 발표하지 않았고, 음악 방송에도 나오지 않았어도 실시간 차트 100위에 석 달이나 머물렀다. 80위에서 100위 사이라 눈에 띄지는 않았지만 별다른 홍보 없이 선전한 셈이다. 나만 알고 있으면 좋겠는데 생각보다 많은 사람들이 마리안느를 듣고 있었다.

그러다 한 달 전에 두 번째 미니 앨범 『워프 드라이브(Warp Drive)』의 싱글 곡 「솔라 세일」의 티저가 공개되었다. 공식 홈페이지에서 이 앨범으로 마지막 멤버를 발표하고 활발한 활동을 할 거라고 공언했다. 그동안 팬 카페의 회원 수도 은근히 늘었다. 첫 번째 앨범 『레볼루션』도 커버를 바꿔서 재발매하고 각종 굿즈도 속속 판매되기 시작했다. 음악을 하려는 건지 팬시 상품을 팔려는 건지 모르겠다는 불평도 커뮤니티에 올라왔지만 나는 기뻤다. 새로운 상품이 올라오면 무조건 주문했다. 하루아침에 모조리 사라질 거라는 것도 모른 채로.

마리안느가 사라졌을 때, 엄마는 내가 왜 그토록 화를 냈는지 모르겠지. 고작 종이 쪼가리, 플라스틱 쪼가리 때문에 가출을 한 것도 어이없어하겠지. 마리안느가 나에게 왜 소중한지 엄마에게는 제대로 설명을 할 수가 없다. 마리안느 때문에 인생이 바뀌었다면 믿어 줄까?

마리안느의 음악을 수도 없이 반복해서 듣고 나서야 알게 되었다. 이건 보통 음악이 아니다. 우주로 쏘아올리는 구조 신호다. 음악이 우리를 구원할 거라는 혜수의 말은 진짜다. 내게 지구를 탈출할 수 있는 새로운 희망이 생긴 것이다.

16

　지하 소년의 집에서 마리안느의 신곡을 들은 다음 날, 늦잠을 자고 일어나 거실로 나오니 텔레비전이 켜져 있었다. 할머니는 밖에 나가신 것 같았다. 식탁에는 빵과 주스가 놓여 있었다. 내가 원한 건 버터를 잔뜩 올린 바삭한 토스트에 백 퍼센트 오렌지 과즙 주스인데, 눈앞에 놓인 건 식어 버린 호빵과 달기만 한 포도 주스. 그것도 1.5리터짜리 큰 걸로.

　나는 호빵이 든 봉지를 들고 현관문을 나섰다. 지난밤에 무슨 일이 있었냐는 듯 하늘은 쨍하고 맑았다. 기지개를 켜면서 슬쩍 지하실 계단을 내려가 보았다. 벨을 눌러 봐도 답이 없고, 문에 귀를 대 봐도 조용했다.

　"학생, 거기서 뭐 하노?"

　깜짝 놀랐다. 야구 모자를 쓴 아저씨가 위에서 나를 내려다본다.

"니, 우주맨션 사나?"

"아뇨. 할머니 집에 놀러 왔어요."

"아, 위층 손녀. 느그 할머니 대단한 거 알제? 이 맨션을 할머니 혼자서 지키고 있다 아이가. 너무 걱정 마라. 나도 자주 순찰을 다니니까. 조합원 새끼들 세상 물정 모르는 노인네들 꼬셔서 도장 찍어 쥐꼬리만 한 보상금 던져 주고 다 쫓아내고 있다 아이가. 그리고 세 들어 사는 사람들은 사람도 아니가? 평생 이 동네에서 장사하던 사람들은 어데서 먹고 살라고? 순순히 떠날 줄 아나? 천만에. 내가 이 동네 산증인인데 어딜 간단 말이고? 어림도 없다. 갈 데도 없고, 억울해서라도 못 간다."

오래된 집과 맨션으로 가득한 이 동네를 재개발하려는 계획은 십 년도 전부터 세워졌지만 번번이 미뤄졌다. 우주맨션만 하더라도 물이 새고 벽에 금도 가 있어서, 이제는 이사를 가야 한다고 아빠가 입버릇처럼 할머니에게 말했다. 지난 추석에는 내려오지 않았기 때문에 재개발이 실제로 진행되고 있는 줄은 몰랐다.

"지하에 사는 놈 아나?"

"몰라요. 아니, 알아요."

"안다는 말이가, 모른다는 말이가?"

"지난밤에 여기에서 만났어요. 와이파이 때문에."

"잘 살아 있드나? 이상한 점은 없고?"

"살아 있긴 하던데요. 배가 많이 고픈가 봐요."

나는 호빵이 든 봉지를 들어 보였다. 그리고 벨을 눌렀다. 한 번, 두 번, 세 번. 안쪽에서 아무런 인기척도 들리지 않았다.

"부모가 방치한 것 같은데."

"뭐라카노? 이렇게 삼촌이 시퍼렇게 살아 있는데."

영수가 삼촌 이야기는 하지 않았는데. 이 사람 왠지 수상하다. 그를 흘겨보자 나를 똑바로 보지 못하고 고개를 돌렸다. 그리고 기침을 콜록거렸다.

"요즘에 용역들이 슬슬 기어 나오고 있으니 니도 조심해라. 할머니한테도 전해 주고."

남자는 덜덜거리는 스쿠터를 타고 사라졌다. 스쿠터 소리가 잦아지자 위층으로 올라가 봤다. 주말인데도 아무런 소리가 들리지 않았다. 위층도, 꼭대기 층도. 복도와 계단에 있던 자전거나 화분도 보이지 않는다. 용기를 내어 401호의 벨을 눌러 봤다. 한참을 기다려도 나오지 않는다. 402호도 마찬가지. 와이파이 신호가 하나뿐이었던 게 이래서였구나.

동네를 유심히 살피면서 돌아다녔다. 맨션 맞은편에 있는 세탁소는 문을 닫았다. 기한까지 찾아가지 않는 세탁물은 폐기한다는 쪽지가 붙어 있는데 기한 날짜가 이미 한 달이 지나 있었다.

베란다에 빨래도 널려 있지 않고, 개 짖는 소리도 나지 않았다. 쓰레기를 버리지 말라는 경고문이 여기저기 붙어 있었다. 담벼락에 빨간 페인트로 엑스 자를 그린 건 아마도 철거 예정인 건물이라는 뜻 같았다. 굴뚝이 우뚝 솟은 목욕탕도, 허름한 중국집도 문을 닫았다. 마을버스와 오토바이는 종종 보였지만 골목 곳곳에 불법으로 주차되어 있던 자동차는 보이지 않았다. 촬영이 끝난 영화 세트장처럼 텅텅 비어 있었다.

우주맨션 아래쪽으로 경사진 길을 십 분 정도 내려갔다. 평평한 길에 다다르니 시장과 슈퍼마켓이 나왔다. 음식점과 가게, 약국이 드문드문 있고 큰길까지 가면 은행과 버스 정류장이 있다. 시장과 가게는 문을 열었고 아침부터 장을 보는 사람들도 보였다. 나는 천천히 큰길까지 걸어가면서 주변을 둘러보았다.

전과 달리 부동산 사무실이 여기저기 눈에 띄었다. 입구에 재개발 아파트 조감도가 크게 붙어 있는데, 우주맨션 자리에는 새로운 아파트 단지의 공원이 들어설 예정이었다. 동그란 화단에 작은 연못도 있고 아이들이 자전거를 타고 돌아다니는 그림 속 풍경은 멋졌다. 하지만 우주맨션이 그 자리에 없다고 생각하니 기분이 이상해졌다.

집으로 돌아오니 할머니가 계셨다. 아저씨에게 들은 이야기를 전해 줬지만 할머니는 들은 척도 안 하고 비닐봉지를 풀었다. 콩나물과 고등어, 파와 귤이 나왔다.

"오르막길이 좀 힘들지만 여기만큼 싼 시장이 없다. 느그 아빠도 학교를 여기서 다 보냈다 아이가. 가긴 어디로 간단 말이고? 나는 여기가 제일 편하다. 맨날 철거한다면서도 차일피일 미뤄지고 있으니 내가 먼저 여기에 뼈를 묻겠네. 이사를 갈라꼬 해도 돈도 없다. 여기가 내가 처음으로 산 집 아이가. 죽어도 여기서 죽어야지 어디를 가노?"

이사를 가자고 하면 늘 나오는 똑같은 이야기다. 엘리베이터가 딸린 아파트도 좋고, 아담한 빌라도 좋지만 결국 이곳이 가장 마음 편하다는 결론. 사실은 나도 마찬가지다. 할머니 집이 우주맨션이 아니라면, 할머니 집이 아닐 것 같다.

"할머니, 혹시 지하에 사는 남자애 알아?"

"거기 누가 산다고 그라노? 비워진 지 오래다."

어젯밤 그곳에서 지하 소년을 만났다고 말하려다, 혼날까 봐 참았다. 할머니는 밥을 안치고 된장찌개를 끓였다. 고등어를 굽자 거실이 온통 비린내로 가득 찼다.

"현지야, 아빠 빨리 깨워라. 오랜만에 집에 와도 그렇지 원, 해가 중천에 뜨도록 자는 게 말이 되나? 좋아하는 고등어를 구웠는데 꿈쩍도 안 하네. 게으른 건 어릴 때나 지금이나 똑같다. 아이고."

뭐야? 아빠가 왔단 말이야? 나는 후다닥 방문을 열었다. 지난밤, 내가 덮었던 이불이 그대로 펼쳐져 있었다. 혹시나 싶어 할머니 방, 창고 방과 목욕탕을 살펴봐도 없고, 현관에도 아빠의 신발은 보이지 않았다. 가슴이 서늘해졌다.

고등어 굽는 냄새를 맡았는지 열어 놓은 현관문으로 나비가 야옹, 하면서 들어왔다. 식탁엔 국그릇과 밥그릇이 세 개씩 놓여 있었다. 나는 아무 말 없이 할머니 눈치만 보면서 밥을 꾸역꾸역 먹었다. 고등어도 한 점 집어 먹었다. 나도 엄마도 비린내를 싫어하기 때문에 집에서 고등어를 굽는 일은 없다.

할머니가 가스를 켜 놓은 걸 깜빡하거나 문을 잠갔는지 잊어버리는 일은 종종 있었다. 할머니가 입버릇처럼 말했듯, 내가 결혼할 때까지는 건강하실 거라고 아무 근거 없이 믿었는데……. 이렇게 되면 곤란하다.

일단 할머니에게 아빠가 어디 있는지 둘러대야겠다. 잠시 약속이 있어서 나갔다고 해야 하나, 아니면 병원에 가 보자고 해야 하나? 할머니가 갑자기 젓가락질을 멈췄다.

"아이고, 내 정신 좀 봐라. 밥과 국을 하나씩 더 떴네. 이 할미가 노망이라도 났는갑다."

다행이다. 할머니 정신이 돌아온 것 같다.

밥을 먹고 방으로 들어왔다. 휴대폰을 들어 와이파이 신호의 세기를 살펴본다. 거실에서는 한 칸이 되었다가, 끊겼다가를 반복하더니 이 방에서는 아예 사라져 버렸다. 팬 카페에 들러 신곡 반응을 봐야 하는데……. 소화가 제대로 되지 않아 속이 더부룩했다. 띠링, 문자가 왔다. 서울로 향하는 기차표 링크. 엄마다.

─서울로 돌아오는 표는 내가 예약해 뒀어. 세 시에 출발하는 KTX야.

엄마는 아무 일도 일어나지 않은 척하고 싶나 보다. 나도 아무 일도 일어나지 않은 척, 집으로 돌아가면 좋겠지만 마음에 걸리는 게 있다. 체한 것처럼 콱. 아빠에게 문자를 보냈다.

—아빠, 할머니가 조금 이상해. 아빠가 여기 왔다고 생각해서 밥까지 차렸다고. 여기 재개발 진행되고 있는 건 알고 있어?

푹신한 이불 위에 드러눕자마자 전화벨이 요란하게 울렸다. 아빠다.

"현지야, 혹시 오고 있냐?"

"아직."

지금은 열두 시 반. 기차역으로 갈 시간은 충분히 남아 있다.

"왜 꾸물거려? 엄마가 걱정하는데."

"아빠!"

나는 고함을 꽥, 질렀다.

"아빠는 할머니 아들이잖아. 할머니는 걱정 안 돼? 밖으로 나가 길을 잃으면 어떡해? 가스 불 끄는 걸 잊어버리면? 이 맨션도 곧 철거된다며? 할머니가 지낼 집은 있는 거야?"

아빠는 대답이 없다.

"네가 생각하는 것처럼 심각하지 않을 수 있어. 그 나이엔 누구나 깜빡깜빡한다고."

아빠는 모든 걸 쉽게 생각하는 경향이 있다. 내가 건성으로 공부를 해도 서울에 있는 괜찮은 대학에 들어갈 거라고 생각하는 것만 봐도 알 수 있다.

"차라리 할머니를 서울로 모시는 건 어때?"

할머니는 우리 집에 살 자격이 충분하다. 방도 하나 빈다. 아빠는 또 침묵. 할머니가 우리 집에서 산다면 가정의 평화가 깨지겠지. 할머니가 엄마를 불편해한다는 거, 엄마도 마찬가지라는 거, 잘 알고 있다. 아빠는 그 중간에 끼어서 이도 저도 안 한다는 것도.

"그건 좀 더 생각해 봐야겠다. 엄마하고 상의도 해 봐야 하고."

"아빠는 옆에 있지 않아서 잘 몰라. 할머니 상태는 내가 가장 잘 안다고. 예전보다 훨씬 나빠지셨어. 일주일 정도 할머니와 함께 지내 볼게. 상태가 좋지 않으면 병원이라도 함께 가 보려고. 아빠는 할머니 집 문제를 해결해 줘. 당연히 그래야 하는 거 아냐?"

나도 모르게 머릿속에서 계획이 술술 흘러나왔다. 계획대로만 된다면 한동안 서울로 돌아가지 않아도 될 것 같다.

"아빠도 참, 힘들구나. 여러모로."

나도 잘 알고 있다. 하지만 제발 나에게 약한 모습을 보여 주지 않았으면 좋겠다. 지금 위로를 받아야 할 쪽은 아빠가 아니라 이쪽이니까. 내가 대답이 없자 전화가 끊어졌다. 나는 오랜만에 아빠에게 메시지를 보냈다. 단 두 글자.

―힘내.

17

작년에 우리 가족은 뉴월드 드림 아파트에 입주했다. 그냥 드림, 도 아니고 뉴월드 드림이라 아파트 이름을 말할 때 조금 부끄러웠지만 계속 말하다 보니 익숙해졌다. 도심과 약간 떨어져 있긴 해도 새로 지어서 주차장도 넉넉하고 단지 안에 놀이터와 도서실, 헬스클럽까지 마련되어 있었다. 도서실이라고 해 봤자 책은 얼마 없고 칸막이 테이블이 있어서 아이들의 공부방 역할을 했다.

뉴월드 드림 아파트를 사는 것에 대해 엄마 아빠의 의견 충돌이 있었다. 엄마는 좀 무리긴 해도, 이 기회에 집을 사지 않으면 영영 전셋집을 전전할 거라고 했다. 학군도 좋아서 나에게 도움이 되고 아파트 가격도 껑충 뛸 거라나? 나는 내 방만 있으면 어디든 상관없었기에 잠자코 있었지만 우리 집 형편을 대충 짐작하고 있어서 걱정이 되었다. 아빠는 중소기업에 다니는 회사원이고 엄마는 주부다. 어릴 적부터 누구의 집보다 더 형편이 나은지 못한지는 본능적으로 알고 있었다. 무얼 사 달라고 조를 수 있는지 없는지도.

뉴월드 드림 아파트를 사는 것은 무리였다. 아빠는 끝까지 반대를 했지만 결과는 예상대로 엄마의 승리. 할머니의 도움이 없었다면 엄마는 패했을 것이다. 정확한 금액은 잘 모르겠지만, 불가능을 가능하게 할 만큼의 돈을 할머니가 아빠에게 빌려주었을 것이다.

엄마는 무척 뿌듯한 것 같았다. 새집에는 새 가구를 들여놔야 한다며 안방의 침대도, 내 방의 책상과 침대도 새것으로 바꾸었다. 예전 집에서는 어린이용 가구를 쓰다가 새집에서 어른용 가구를 쓰니, 부쩍 자란 기분이 들었다.

평소에 엄마가 갖고 싶어 했던 가구형 냉장고와 커다란 텔레비전도 갖춰졌다. 오븐이 달린 가스레인지와 식기세척기, 드럼 세탁기와 매립형 에어컨은 아파트에 딸려 있는 기본 사양이었다. 엄마는 이사를 오기 전에 베란다를 확장해서 거실을 넓히고, 바닥을 대리석으로 교체하고, 벽지도 엄마가 마음에 드는 색으로 바꾸었다.

"이 색깔 어때? 다른 집과 분위기가 확실히 달라 보이겠지?"

어차피 똑같은 구조의 아파트인데 안을 바꿔 본들 얼마나 달라지랴 싶었지만 입을 다물기로 했다. 다른 집 딸들은 엄마에게 살

갑게 군다던데, 나는 왜 그런지 모르겠다며 엄마가 투덜댈 것이 뻔했기 때문이다.

마음속의 자물쇠가 고장 난 것처럼 내 속에 있는 말이 나도 모르게 툭, 튀어나올 때가 있다. 환경 미화를 위해서 게시판을 꾸민다고 정신없는 친구 앞에서 심드렁한 표정으로 이런 거 한다고 감옥 같은 교실이 놀이터로 변하지 않는다고 말해 버린 적도 있다. 작지만 확실한 행복 따위, 지구인들을 위한 가짜 알약일 뿐이다.

엄마는 아파트 가격이 부쩍 올라서 행복해한다. 좋은 일인데도 나는 씁쓸한 기분이 든다. 그 돈이 손으로 만질 수 없는 숫자 놀음 같아서. 그 돈으로 도대체 우리 가족은 무얼 할 수 있을까?

저녁을 먹고 밖으로 나왔다. 할머니 때문에 밥을 한 공기 다 먹고 반찬도 이것저것 너무 많이 집어 먹었다. 소화를 시키기 위해 놀이터에서 운동을 하는 게 원래 계획이었지만, 그네에 앉아 휴대폰을 만지작거렸다. 예전엔 혜수가 곁에 있어 주었다. 하지만 지금은 이 놀이터에도, 우주맨션에도 사람의 그림자는 보이지 않는다. 너덜너덜해진 현수막이 전봇대 사이에 걸려 있을 뿐이다.

개발 이익 반영되지 않은 재개발에 땅 빼앗기고 집 빼앗기고 빚쟁이로 전락할 우려가 있다. – 주민 재산 보호 위원회 고등학교에 올라오면서 친구가 부쩍 줄었다. 이사를 하는 바람에 같은 중학교에서 진학한 친구도 없었다. 이어폰을 친구 삼아 음악만 잔뜩 들어서 그랬을지도. 그대로 있다간 스스로 왕따가 될 상황이었다. 그때 지영이가 내게 말을 걸어 줬다. 우리 반에서 존재감이 없는 아이들 중 한 명이었다.

"무슨 음악을 그렇게 열심히 들어?"

나의 이어폰을 가리키며 물었다. 나는 지영이에게 마리안느를 소개해 주었다. 처음엔 시큰둥하더니 결국 나보다 더 열렬한 팬이 되었다. 자기가 좋아하는 멤버, 비너스의 커버를 갖고 싶어서 똑같은 시디를 일곱 장이나 샀다. 그 덕분에 나는 제이가 커버인 앨범을 두 장이나 얻었다.

―신곡 뮤비 봤어?

지영이에게 메시지가 와 있는 걸 놓쳤다. 알림을 꺼 놓았었다.

―당연히 봤지. 자정에 딱 맞춰서.

톡을 보내자마자 지영이는 기다렸다는 듯이 답장을 보내 왔다. 비너스의 헤어 스타일이 멋있지 않냐, 노래 분량이 이번엔 너무 적지 않냐, 제이가 많이 나와서 좋겠다 등등. 내가 끊지 않으면 대화는 끝없이 이어질 것만 같았다.

―다음 주부터 영어 캠프 가. 하루 종일 영어만 사용하기 때문에 한 달 후에는 영어가 술술 튀어나온대. 강사진도 다 원어민이래. 너도 같이 안 갈래?

하루 종일 영어를 해야 한다니 끔찍하다. 나는 부산에 있는 할머니 집에 놀러 왔다고 대답했다.

—부산이라고? 바다도 볼 수 있는 거야? 진짜 부럽다. 언제까지 있는 건데?

부산에 아예 눌러앉을 생각이라고 하니, 그럼 자기도 전학을 와야겠단다. 지영이와 문자를 나누다 보니 기분이 좀 나아졌다. 상대방이 누구든, 이야기 나눌 사람이 필요했던 건지도 모른다. 이런저런 이야기를 하다 지난밤 만났던 지하 소년이 튀어나왔다. 그 아이 덕분에 신곡 뮤직비디오를 봤다고.

—너, 정신 나간 거 아냐? 아무리 와이파이가 급해도 그렇지. 한밤중에 남의 집 문을 두드리는 건 위험해.

—아직 중학생인걸 뭐. 어린애야.

자신을 뱀파이어라고 했다는 말은 하지 않았다. 지영이의 호들갑을 감당할 수 없을 것 같았다.

—너 일부러 부산 간 거지?

—무슨 말이야?

—시침 떼기는. 마리안느가 톡식 부산 콘서트 오프닝에 선다는 긴급 공지가 떴어. 그때 마리안느의 마지막 멤버가 처음 공개된대. 어떻게 미리 알았니? 하필이면 왜 부산에서 하는 건지…….

뭐라고? 마리안느를 직접 볼 수 있다는 건가? 그것도 마지막 멤버를 내 두 눈으로 확인할 수 있다니. 정신이 아찔해졌다. 카페에 접속해 보니 공연 날짜는 사흘 후다. 예매 링크에 접속해보니 자리가 남아 있다. 손가락 끝이 살짝 떨렸다.

―자리가 아직 있어! 내가 두 장 예매할게. 너 올 수 있어? 이참에 부산도 구경하고 좋잖아.

티켓값은 아깝지만 혼자 가기엔 머쓱하다. 지영이는 눈물을 흘리는 이모티콘과 엄지척하는 이모티콘을 연달아 보냈다.

―정말? 베스트 프렌드답네. 오늘부터 엄마에게 좀 잘 보여야지. 내려가면 너네 할머니 집에서 하룻밤 재워 줄 거지?

아차, 싶었다. 이런 곳에서 사는 할머니의 모습을 보여 주기는 싫은데. 게다가 요즘 할머니는 조금 이상한데……. 뭐라고 핑계를 댈지 고민하는 사이 학원에 가야 한다며 지영이는 톡방에서 사라졌다.

나는 티켓을 예매했다. 가장 싼 좌석 두 매. 예매를 완료한 뒤에도 한참을 그네에 앉아 있었다.

찬 바람이 휘이익, 불었다. 아무도 없는 놀이터를 슬며시 살펴봤다.

"괜찮아?"

누군가 내 손을 잡아 줄 것만 같다. 예전에도 그네에서 훌쩍거리고 있을 때, 혜수가 내 손을 잡아 주었으니까. 엄마가 나를 버리고 간 것도 아닌데, 여름 방학을 내 마음대로 보낼 수가 있는데, 근처에 바다도 있고 맛있는 걸 해 주는 할머니도 있는데, 세상에

홀로 남겨진 기분이 들었다. 지금도 그런 기분이 든다. 하지만 괜찮다. 이제 조금만 더 견디면 된다. 마리안느가 곧 오니까.

멀리서 짐승이 울부짖는 소리가 났다. 그네에서 일어나 재빨리 맨션으로 뛰어갔다. 집으로 들어가려는데 위쪽 계단에서 이상한 소리가 들렸다. 터벅터벅 힘없이 계단을 오르는 발소리였다.

위층은 텅 비어 있을 텐데 누구지? 발걸음이 멈추더니 끼이익, 육중한 철문이 열리는 소리가 들렸다. 현관문이 아니라 녹슨 철문이 열리는 소리다. 나는 한 계단 한 계단 위로 올라가다, 두 계단씩 4층까지 쉬지 않고 올라갔다. 옥상 문이 반쯤 열려 있다. 항상 잠겨 있던 문이다. 문 사이로 찬 바람이 매섭게 불어닥쳤다. 용기를 내서 문을 밀었다. 끼이이익, 쇳소리가 났다.

4부

지 하 소 년 **사라진 사람들이 남긴 것들**

18

    밤이다. 바람이 차다. 나는 우주맨션 옥상에 올라 난간을 두 손으로 꼭 잡고 있다. 녹이 슬어서 힘을 잔뜩 주면 툭 끊어질 것 같다. 바다에 떠 있는 부산항 대교가 성큼 앞으로 다가온 것처럼 선명히 보인다. 보라색에서 붉은색으로, 다시 초록색과 핑크색으로 불빛이 변한다. 엄마는 저걸 보고 무지개다리라고 불렀다. 저 다리를 건너면 어쩐지 한 번도 가 보지 못한 곳으로 데려다줄 것만 같다.

    '그럼 뛰어내려! 저 멀리 한번 날아가 봐.'

    나쁜 내가 말했다. 착한 나의 목소리도 기다려 보지만 녀석은 너무 추워서 이불 속으로 숨어 버린 것 같다.

    마음을 먹기 힘들다면, 마음을 먹기도 전에 실행하는 거다. 난간을 잡은 손에 땀이 밴다. 다리 한쪽을 들어 난간을 넘어 본다.

생각보다 쉽다. 나머지 다리 하나를 들어 올렸다. 이건 생각보다 어렵다. 난간 끝에 발이 걸려 넘어가지를 않는다. 몸이 안 따라 주는 건지, 마음이 안 따라 주는 건지 나도 잘 모르겠다.

"야! 너 뭐 하는 거야!"

누군가 내 팔을 확, 낚아채더니 뒤로 잡아당겼다. 그대로 옥상 바닥에 쓰러진 나는 영문도 모른 채 멱살을 잡혔다.

"누가 이런 바보 같은 짓을 하래?"

착한 내가 진짜로 사람이 되어 나타난 건가. 설마. 어젯밤, 와이파이를 쓰러 우리 집에 찾아왔던 누나다.

"남의 인생에 신경 꺼요!"

알밤을 맞았다. 퉁, 하고 머리에서 소리가 났는데 나보다 누나의 주먹이 더 아팠을 것이다.

"여기서 꼼짝 말고 있어. 개 목줄이라도 채우고 싶지만 참는다."

칫, 허풍은. 누나는 휴대폰 플래시를 켜고 뭔가를 찾는 눈치다. 중요한 거라도 빠트린 것처럼 옥상 주변을 뒤진다. 기껏해야 녹슨 선풍기나 낡은 소파밖에 없는데. 나는 물탱크에 등을 기대고 먼 곳에서 반짝거리는 불빛을 바라봤다. 산 중턱에 사는 사람들은 반짝반짝, 밤에만 살아나는 것 같다. 나처럼.

"너, 혹시 레이더나 안테나 같은 거 본 적 없니?"

"저런 거요?"

나는 맞은편 건물 옥상에 설치된 복잡한 안테나를 가리켰다. 운전대같이 생긴 철제 구조물에 길쭉한 하얀 막대기가 에워싸듯 달려 있다. 저 건물은 이 동네에서 가장 그럴싸한 건물인데 2층부터 꼭대기 4층까지 보습 학원이었다가 올해 초에 문을 닫았다.

"바보, 저건 휴대폰 기지국이잖아. 내가 찾는 건 훨씬 더 먼 곳까지 신호를 주고받을 수 있는 장치야."

"무슨 신호를 말하는데요?"

짜증이 밀려들었다. 도대체가 알아들을 수 없는 이야기를 한다.

"구조 요청 신호 말이야. 우주선이 찾아오면 우리 별로 돌아가야 할 테니까. 우주맨션이 왜 우주맨션이겠어?"

이 누나, 이상하다. 한밤중에 남의 집 문을 두드려 와이파이를 쓰지 않나, 외계인과 통신할 안테나를 찾지 않나.

"네 이름은 뭐야? 목숨을 구해 줬으니 이름이라도 알아야겠다."

누나는 손을 내밀었다.

"지하 소년이에요. 기억 안 나요?"

"별명 말고 진짜 이름."

"신영수."

나도 얼떨결에 손을 내밀었다. 누나는 잡은 손을 세차게 흔들었다.

"반갑다, 나는 현지라고 해. 참, 낮에 삼촌이 찾아왔었어. 네가 살아 있는지 궁금해하더라."

"칫."

"삼촌하고 사이가 안 좋은가 보구나. 근데 너 정말 괜찮은 거야?"

누나는 자꾸 대답하기 힘든 것만 질문한다. 괜찮지 않은 사람에게 괜찮냐고 물어보면 도대체 뭐라고 대답해야 하는 건지 모르겠다. 괜찮지 않다고 대답하면, 왈칵 부끄러운 것들이 쏟아져 나올 것만 같다.

"그 남자, 진짜 삼촌은 아니에요."

큭, 누나는 웃는다. 나는 엄청 심각한데.

"야, 너만 그런 줄 아니? 나는 엄마와 아빠도 진짜가 아냐. 그냥 평범한 지구인일 뿐이라고."

이 누나는 생각보다 훨씬 더 이상한 사람일지 모른다.

"도대체 왜 뛰어내리려고 한 건데?"

나는 말문이 막혀 버렸다. 선생님이 무얼 잘못했는지 말해 보라고 추궁하면 대답을 할 수 없는 것처럼. 학교에 온 것 자체가, 아니 내가 태어난 것 자체가 잘못일지도.

"뱀파이어는 죽지 않아요. 혹시 알아요? 날 수도 있을지."

누나는 한숨을 쉰다.

"너도 다른 별에서 왔나 보다."

"네?"

"우리는 상상 속에서만 진짜가 되거든. 네 상상 속에서는 너도 진짜 뱀파이어겠지. 너, 도대체 어디에서 왔는지, 어디로 가고 있는지 모르겠지? 너를 이해해 주는 사람이 이 세상에 아무도 없는 것 같지?"

누나의 말이 가슴에 바늘이 콕콕 찔리는 것처럼 아프다.

"그거 누나 이야기 아닌가요?"

누나는 나를 노려보다가 살짝 웃는다.

"일단 내려가자. 춥다 추워. 너네 집에 가서 와이파이도 좀 써야 겠고."

나는 억지로 누나에게 질질 끌려간다.

"저기, 나, 안 무서워요?"

지난밤 잠들기 직전에, 무슨 생각을 했는지 알까? 자기 발로 찾아온 이 사람의 피를 마실지 말지, 마신다면 또 어떻게 마실 건지 고민했다. 하지만 머릿속이 깨질 듯 아파서 비상식량으로 남겨 두자는 심정으로 잠을 청했던 거다. 피아노 연주도 잠이 드는 데 결정적인 역할을 했다. 그렇게 살려 둔 사람이 오늘 나를 살려 준 것이다.

"나하고 비슷한 종족이 뭐가 무섭겠어?"

누나는 먼저 옥상을 빠져나갔다. 옥상 문을 열기 전에 슬쩍 뒤를 돌아봤다. 부산항 대교의 불빛이 스르르 보라색으로 바뀌었다. 그리고 난간이 보였다. 손을 들어 킁킁 냄새를 맡아 보니 아직도 난간의 녹슨 쇠 냄새가 났다. 손을 바지에 북북 닦아도 그 냄새는 사라지지 않았다.

19

누나는 집으로 오자마자 다짜고짜 청소를 시작했다. 그냥 놔두라는데도, 싫다는데도 막무가내였다. 이런 지저분한 곳에서 살면 죽고 싶은 마음이 드는 게 당연하다나? 협조 안 하면 공공 위생법 위반으로 경찰에 신고하겠다고 협박까지 했다.

누나는 위층에서 커다란 포대를 가져오더니 모자와 마스크, 고무장갑으로 중무장을 하고 플라스틱, 비닐, 종이류를 따로따로 모았다.

"신영수! 너는 음식물 쓰레기와 일반 쓰레기를 모아. 더러운 옷들은 세탁기에 다 집어넣어. 설마 속옷을 내가 집어 들어야 하지는 않겠지?"

휴우. 나도 언젠가는 치우려고 했다는 걸 알아줬으면 좋겠다. 그럴 마음이 생기지 않는 게 문제였지만. 나는 건성으로 옷을 집어 들어 세탁기에 넣었다. 세탁기 안에서 뭔가 잔뜩 썩는 냄새가 났다. 목욕탕의 욕조에는 빨지 않은 수건과 옷들이 가득 차 있었다. 싱크대 자체가 음식물 쓰레기통이었다. 장갑을 끼고 음식물 쓰레기 봉투에 쓸어 넣었다. 냄새가 고약해서 빨래집게로 코를 집고 싶을 정도였다. 누나는 거실을 정리하더니 내 방에도 들어갔다. 그냥 놔두라는데도 고집을 꺾을 수가 없었다.

청소하는 내내 누나는 마리안느의 노래를 무한 반복으로 틀어놓았다. 나도 모르게 가사를 흥얼거렸다. 우리의 비트는 유니버설. 지쳤어, 망가졌어, 견딜 수가 없어. 이젠 네가 몸을 던질 차례…….

"안방은 안 치워? 혜수 아빠가 계셨던 곳인데. 많이 편찮으셔서 이 방에만 계속 계셨거든."

누나는 아직도 여기가 그 친구네 집이라고 생각하나 보다. 엄마가 떠난 후, 한 번도 저 문을 열어 보지 않았다. 내가 뭐라고 하기도 전에 누나는 문을 열었다. 아니, 열려고 했다. 덜컥덜컥, 손잡이 돌리는 소리만 났을 뿐이다.

"어? 문이 잠겨 있네."

"그냥 놔둬요. 어차피 아무도 안 들어가서 깨끗할 테니까."

밤 열한 시 정도부터 시작한 청소는 새벽 두 시가 되어서야 끝났다. 반짝반짝 빛이 날 정도는 아니었지만 엄마가 집을 떠나기 전하고 겨우 비슷해졌다. 쓰레기가 가득 담긴 포대는 1층 난간에

차곡차곡 모아 두었다.

"누나, 배고프지 않아요? 나 이제 첫 끼를 먹을 건데."

"밤에 먹으면 살 찔 거야."

냉장고와 선반을 뒤졌다. K에게 받은 돈으로 편의점에서 이것저것을 사 두었다. 나는 계란 샌드위치를, 누나는 라볶이를 먹었다. 누나는 새해가 되면 진짜로 다이어트를 할 거라고, 누가 물어보지도 않았는데 다짐을 했다.

"참, 호빵은 잘 먹었어요. 올겨울에는 한 번도 못 먹고 지나가나 싶었는데."

실은 한 입만 먹고 다 버렸다. 팥보다 야채 호빵이 내 취향이다.

"즉석식품만 먹는 건 몸에 안 좋아. 참, 우리 집에 와서 밥 먹어도 돼. 우리 할머니 음식 솜씨가 엄청 좋거든."

아무리 불쌍해도 불쌍한 아이 취급받는 건 싫다. 돈이 없어도 빌리기 싫어서 준비물을 사지 않은 적도 많다.

"음식보다 피가 필요한 것 같아요."

누나는 웃는다. 진짠데. 샌드위치 따위 한입에 다 먹을 수 있는데, 입맛이 없어서 반밖에 먹지 못했다. 다이어트가 저절로 되고 있어서 기뻐해야 할지도. 문제는 목이 마르다는 것. 타 들어갈 정도로 갈증이 심하다는 것이다.

"피는 어떻게 마시는 건데? 영화에서처럼 송곳니로 목덜미를 무는 건가? 아, 해 봐. 송곳니 좀 구경하게."

사레에 들렸다. 콜라를 연거푸 마시자 기침이 겨우 잦아들었다. 나는 치과 의사 앞에서처럼 입을 벌렸다. 누나는 얼굴을 바짝 들이댔다.

"어……. 남들보다 조금 긴 것도 같다. 날카롭기도 하고."

나는 입을 재빨리 다물었다.

"다 소용없어요. 제대로 물지 못해서 코피를 터뜨리고, 주사기로 피를 뽑아야 했던 걸요?"

"아무래도 너 병원에 가야 할 것 같다. 햇빛도 못 봐, 피도 마셔야 해, 그렇다고 딱히 뛰어난 능력은 없어. 불치병에 가깝네. 건강 보험이 적용될까 궁금하다. 그렇다고 옥상에서 뛰어내릴 필요는 없잖아. 나도 너하고 비슷한 짓을 한 적이 있거든. 그때 혜수가 구해 주지 않았다면 지금 나는 이 자리에 없을 거야. 너도 마찬가지고."

"혜수라면, 여기 살았다던 친구?"

"특급 비밀 하나 알려 줄까? 다른 사람에게 절대로 말하면 안 돼."

이 방에 우리밖에 없는데도 누나는 목소리를 줄여서 속삭였다.

"혜수가 마리안느의 마지막 멤버야. 사흘 후, 아니 이틀 후에 데뷔 무대를 갖게 돼. 그것도 부산에서. 그리고 말이야…… 혜수가 나를 자기 별로 데려가 줄 거야. 그러니까 조금만 더 견디면 돼."

나는 잠시 멍해졌다. 이야기가 연결이 잘 되지 않았다. 뭐 열심히 노력해서 아이돌이 될 수 있다 치고. 아이돌 멤버가 외계인이라도 되는 건가? 뭐 그럴 수도 있다 치고, 우주선에 태우고 다른 별로 데려간다고?

"잠시만요. 혜수 누나라는 사람, 마지막으로 언제 만났다고 했죠?"

"작년 겨울쯤이었나? 육교에서 뛰어내리려는 나를 구해 줬지."

민석이의 말이 맞는다면, 혜수 누나는 내가 이사를 오기 전, 그러니까 최소한 삼 년 전에 옥상에서 뛰어내린 건데 앞뒤가 맞지 않는다.

농담하는 건가 싶었지만 누나는 웃음기 하나 없이 진지했다. 마리안느의 노래를 수백 번, 수천 번 반복해서 듣다 보면 아이돌이 외계인이라는 콘셉트를 현실과 혼동하게 되는 건가? 아니면 친구의 자살 소식에 충격을 받은 건가? 진짜로 병원에 가야 할 사람은 누나다. 나는 수혈이나 하면 되겠지만 누나는 정신과 상담을 받아야 할 것 같다.

"너, 이 누나한테 잘 보여. 괜히 옥상에서 뛰어내리는 짓은 하지 말고. 혹시 알아, 너도 데려갈지?"

누나는 선심 쓰듯 말했다.

"날 구해 줬으니, 책임지셔야죠."

"참, 어이없네. 나 자신을 책임지기도 버거워. 가출했다는 거 잊지 마."

172

"가출이요?"

누나는 이제 자러 가야겠다며 자리에서 일어났다.

"참, 네 방에서 리듬 머신 같은 거 본 적 없어?"

"그게 뭔데요?"

누나는 양쪽 손을 약간 벌린다.

"노트만 한 크기인데 비트를 만드는 기계야. 그게 보통 기계가 아니라…… 아, 됐어."

누나는 왜 자꾸 이 세상에 없는 것들을 찾고 있는 걸까? 옥상에서도, 우리 집에서도.

현관문을 나설 때 잠깐만요, 하고 불러 세웠다.

"혜수 누나 말이에요."

"왜?"

나는 침을 꿀꺽 삼켰다. 말이 안 되는 게 있다. 그걸 물어보고 싶다.

"예, 예뻐요?"

누나는 물론이지,라고 말하고 살짝 웃더니 문을 살며시 닫고 나갔다.

우리에겐 연결 고리가 있다. 혜수 누나는 현지 누나를 구했고, 현지 누나는 나를 구했다. 혜수 누나와 나는 우주맨션의 옥상에서 떨어지려고 했다. 혜수 누나는 성공했고 나는 실패. 만약 혜수 누나도 실패해서 살아남았다면 누군가 구해 준 것이 아닐까? 그래야 연결 고리가 완성되는데 거기가 뚝 끊어져 있다.

나는 깨끗해진 소파에 멍하니 앉아 있었다. 거실도 부엌도 말끔하고 기분 나쁜 냄새도 나지 않았다. 아무 일도 없었던 것처럼 엄마가 문을 열고 들어올 것만 같았다. 슬쩍, 현관문을 열어 봤지만 찬 바람만 세차게 불어닥칠 뿐이었다.

20

딩동딩동, 다급하게 초인종이 울렸다. 불을 켜는 순간 방이 너무 깨끗해서 놀랐다. 그렇지, 새벽까지 누나와 청소를 했었지. 방향제를 심하게 뿌려 놔서 특유의 향이 났다. 저녁 일곱 시 반이 넘도록 잠이 들었구나. 나는 문을 빼꼼히 열었다. 누구인지 뻔히 알면서도.

"야! 이거 어디서 난 거야?"

현지 누나가 구겨진 플라스틱 조각을 하나 쑥 내밀었다. 그리고 자기 집처럼 성큼성큼 집으로 들어왔다.

"어제 분리수거했던 쓰레기에서 발견했어. 위험한 약이라고 이거."

"남의 집 쓰레기를 왜 뒤져요?"

"회사 이름이 넥스타라니 틀림없어. 설마, 이거 네가 먹은 거야?"

나는 고개를 끄덕거렸다.

"이제야 의문이 풀리는군. 네가 왜 이상한 짓거리를 하는지 말이야. 그거 알아? 나, 이 회사까지 찾아가 본 적이 있어."

"그게 어디에 있는데요?"

"서울 변두리 지역이었는데 내가 찾아갔을 때는 이미 문을 닫았어. 다른 곳으로 옮겼을지도 모르지."

누나는 탐정이라도 된 듯, 곰곰이 생각하는 눈치다. 이리저리 살펴보더니 머리에 손을 얹었다.

"저기요, 그냥 배가 고파서 영양 보충을 한 것뿐이에요. 그 약은 최고급 천연 성분으로 만든 건강 보조 식품이란 말이에요. 미국 식약청에서도 승인받았고요."

내가 엄마 회사의 직원이라도 된 것 같다.

"나도 전교 1등 하는 녀석이 먹던 약을 먹어 봤어. 순식간에 성적이 올랐지만 부작용도 만만찮았다고. 이 약들 어디에서 난 거야?"

"그거 우리 엄마 회사에서 만든 약이에요."

"뭐라고?"

누나의 언성이 높아졌다. 왜 자기가 화를 내는지 모르겠다.

"엄마는 회사 워크숍에 참석한다고 했어요. 보름 후에 온다더니 한 달이 지나도 감감무소식이에요."

누나의 말이 맞다면 엄마의 회사에서 만드는 약에 부작용이 있을 수 있다. 내게도 영향을 끼쳤을 수도 있고 엄마에게도 영향을 끼쳤을 수도 있다. 엄마가 위험할 수도 있는 것이다.

"힌트는 언제나 가까이에 있지. 안방 열쇠 없어?"

누나의 말에 문득 K의 말이 생각났다. 사라진 사람들은 생각보다 가까운 곳에 있다는 말이. 누나는 안방 문 앞에서 서 있다. 열쇠는 당연히 없다. 누나가 문틈 사이의 래치 부분을 카드로 긁어 보고, 칼로 틈새를 깎아 내 보기도 했지만 실패. 나는 바닥에 바짝 엎드려 보았다. 나무젓가락이 겨우 들어갈락 말락 하는 틈 사이로 안쪽이 보였다. 어둡다. 쿵쿵, 이상한 냄새가 나는 것 같다. 아무리 방향제를 뿌려도 숨길 수 없는 냄새가.

"뒤로 물러나 봐요."

누나는 방문 옆으로 멀찌감치 떨어졌다. 나는 어깨에 온몸의 힘을 실어 문으로 돌진, 퍽. 어깨가 부서지는 것 같다. 나무로 된 문의 한가운데가 살짝 부서졌다. 그 틈을 한 번 더 돌진. 문이 쾅, 하는 소리와 함께 열렸다. 나는 방 안쪽으로 나뒹굴었다.

"오, 쓸모가 있네. 수고했어."

누나는 안방의 전등 스위치를 켰다.

"이게 다 뭐야?"

방 안은 상자로 가득 차 있었다. 침대 위도, 바닥도, 서랍장과 화장대가 있던 곳도 상자로 빽빽했다. 방이 아니라 창고 같았다.

몸을 움직일 수 있는 공간이 거의 없었다. 엄마가 삼촌에게 빌린 돈을 어디에다 썼는지 알겠다. 레벨 업을 위해서 자신의 방을 가득 채울 정도로 많은 물건을 샀던 것이다.

누나는 방 안을 샅샅이 뒤졌다. 중요한 단서라도 찾는 모양이다. 나는 상자를 툭, 툭, 발로 차다가 가장 묵직한 것을 발견했다. 열어 보니 다이어리가 가득 들어 있었다. 어디서 본 것 같은데……. 죄다 새거다. 넥스타 3년 다이어리. 엄마가 나보고 쓰라며 준 게 기억났다. 불길한 예감이 들었다.

나는 다이어리에 적힌 사무실 번호로 전화를 걸었다. 당연히 아무도 받지 않는다. 지도 앱에 주소를 찍어 보았다. 우리 집에서 사무실까지 10.5킬로미터. 차로 가면 23분. 생각보다 가까웠다. 방문을 발로 차고 거실로 나갔다.

"영수야, 어디 가는 거니?"

"회사로 찾아가 보려고요. 엄마가 거기에 있을지도 모르니까. 바보같이 그 생각을 못 했어. 엄마가 없더라도 힌트는 찾을 수 있잖아요."

"나도 가. 너 혼자 가면 위험해."

누나는 내 소맷자락을 붙잡았다. 도대체 누가 위험하다는 건지 모르겠지만, 누군가 옆에 있어 줬으면 좋겠다는 생각이 들었다. 어른들의 세계에 뛰어들려고 하는 차에, 나보다 조금이라도 더 나이가 많은 사람과 같이 가는 게 나쁠 건 없겠지.

"좋아요."

*

택시는 광안대교 위를 지나갔다. 해변 쪽에서 바라만 봤지 직접 건너는 건 처음이었다. 왼쪽에는 광안리 해변의 불빛이 바다에 비쳐 어른거렸다. 오른쪽엔 멀리 고기잡이배들의 불빛 때문에 환했다. 바다 위를 달린다는 느낌보다 공중 위로 붕 떠 있는 다리를 달린다는 느낌이 더 강했다. 우주로 튀어나가는 롤러코스터라도 탄 기분. 속이 울렁거렸다. 중간에 세워 달라고 말하고 싶었지만 꾹 참았다. 며칠 전까지만 해도 집 안에만 처박혀 있었는데 너무 멀리 와 버린 것이다.

다리 끝 쪽에는 고층 건물이 삐죽삐죽 솟아올라 있었다. 마치 다른 세상처럼. 택시는 백화점 근처의 고층 빌딩 앞에서 멈췄다. 수많은 사무실 중 엄마 회사의 사무실은 28층. 로비에서 경비원이 흘끔 우리를 쳐다보았다. 누나는 마치 진짜 내가 동생이라도 되는 듯 손을 꼭 잡았다.

"학원 마치고 가는 길인데, 아빠도 야근한다고 해서 같이 가려고요."

어떻게 저런 거짓말이 술술 나오는지 모르겠다. 경비원은 고개를 끄덕였다. 함께 오길 잘한 것 같다. 엘리베이터를 타고 28층으로 순식간에 올라갔다. 문이 열리자 손에서 힘이 스르르 풀렸다.

커다란 유리문이 보였다. 초록색 바탕에 알파벳 N과 그 옆에 별이 그려진 로고가 보였다. 엄마가 쌓아 둔 박스에, 화장품에, 약 상자에 박힌 것과 똑같았다. 조금 다른 게 있다면 로고 아래에 작은 글씨로 적혀 있는 회사 설명.

'Life Management Concierge Service Group'

무슨 뜻인지는 잘 모르겠지만 뭔가 대단한 회사처럼 보인다.

모두 퇴근을 했는지 유리문 안은 깜깜해서 아무것도 보이지 않았다.

"잠깐만. 여기 뭐라고 적혀 있잖아."

문 옆에 A4 용지 한 장이 붙어 있다.

12월 15일부로 본 사무실은 폐쇄합니다. 회원님들은 지도부의 연락을 기다리세요.

문 아래에 신문과 고지서, 광고지가 잔뜩 끼워져 있다.

누나가 손잡이를 밀자 스르르 문이 열렸다. 안내 데스크엔 흐트러진 서류와 부서진 전화기가 보였다. 바닥은 흙 묻은 발자국과 종이 쪼가리로 엉망이었다. 블라인드가 반쯤 열린 창문 밖에서 맞은편 건물의 불빛이 푸르스름하게 새어 들어왔다.

"너는 왼쪽, 나는 오른쪽으로 가 보자. 시간을 아껴야 하니까.

십오 분 후에 여기서 봐. 알았지?"

내가 대답도 하기 전에 누나는 오른쪽으로 방향을 틀었다. 왼편의 복도를 지나 서너 발짝 걸어가니 탁 트인 공간이 나왔다. 사무실처럼 보이는데 컴퓨터나 책장은 없고 둥그런 테이블과 의자가 흐트러져 있다. 낮에 사람들이 여기에 가득 들어찬 장면을 상상해 본다. 사이좋게 옹기종기 앉아서 무슨 이야기를 할까? 엄마는 어디쯤에 앉아 있었을까?

11월의 프리미엄 멤버

하얀 보드 위에 서너 명의 사진과 이름이 박혀 있었다. 휴대폰 플래시로 비춰 보니 엄마의 사진과 이름이 두 번째 줄에 있다. 우리 방에 쌓인 상자들에 대한 보상이겠지. 나는 엄마의 사진을 떼어 냈다. 사무실 옆에는 작은 방들이 몇 개 이어져 있다. 하나는 교육실, 다음은 상담실. 나는 교육실의 문을 열었다.

보다 나은 삶이 아닌, 최상의 삶을 위한 미래 투자.

어제의 나는 더 이상 내가 아니다. 아무도 알아보지 못할 새로운 나를 만들자.

이해하기 힘든 구호가 여기저기 보인다. 그 다음방은 부사장실. 문이 조금 열린 틈으로 희미한 불빛이 새어 나오고 있다. 나는 숨을 죽인 채로 문 쪽으로 걸어갔다.

창가 쪽은 전면이 유리로 되어 있다. 왼쪽에는 해운대가, 오른쪽에는 광안리가 보인다. 해운대 쪽에는 유람선이 바다 위에 떠 있었다. 기다란 광안대교 위로 자동차들이 불을 밝히며 지나간다. 책상 위에 조명이 켜져 있고, 커다란 의자는 창가 쪽으로 돌려져 있다.

의자에는 아무도 없었다. 하지만 방금 전까지 누가 앉아 있었던 것 같았다.

"여기서 뭐하는 거야? 빨리 나가자."

나는 누나에게 이끌려 복도로 빠져나왔다.

그때, 복도의 전등이 타다닥 켜졌다. 입구에서 허름한 야구 모자를 쓴 남자 두 명이 우리 쪽을 바라보았다. 한쪽은 배가 불룩 튀어나왔고 다른 한쪽은 홀쭉했는데 키가 컸다. 키가 큰 남자가 말했다.

"어이, 너희들은 여기서 뭐하는 거냐?"

도망치려고 했지만 누나가 내 팔목을 붙잡았다.

"엄마를 찾으러 왔어요."

아무래도 누나는 연기를 전공해야 할 것 같다. 뚱뚱한 남자가 쯧쯧, 혀를 찼다.

"여기 문 닫은 지 보름도 넘었어. 그만 가 봐라. 철거 작업을 해야 하니까 방해하지 말고. 우리는 이 회사하고는 아무 상관 없는 청소부니까 엄마가 어디 있는지도 몰라. 낮에도 서너 명이 찾아왔더라. 차라리 경찰서에 신고를 해."

"죄송합니다."

누나는 내 팔을 끌고 밖으로 나갔다. 나는 흘끔흘끔 뒤쪽을 바라보았다. 부사장실에서 누군가가 나오기를 기대했는데 입구를 빠져나갈 때까지 아무도 나오지 않았다. 우리는 엘리베이터에서도, 건물 로비에서도, 택시 안에서도 아무 말을 하지 않았다. 착한 나와 나쁜 나는 계속 수다를 떨었지만.

'삼촌 말처럼 엄마는 돈을 들고 튄 게 분명해.'

'엄마는 열심히 일했잖아. 조금 쉬고 돌아올 거야.'

'그런데 왜 아직도 연락이 없나?'

"그만해. 조용히 하라고."

내가 나지막이 속삭였다. 누나는 흘끔 나를 쳐다봤지만 모르는 척 해 주었다. 택시에서 내려 우주맨션 입구까지 터벅터벅 함께 올라갔다.

"지하 소년, 힘 내. 아저씨 말처럼 경찰서에 신고하는 게 나을지도 몰라. 혼자 가기 그러면 내가 같이 가 줄게."

초록색 가방을 뒤적이더니 은색으로 빛나는 병 두 개를 꺼냈다.

"넥스타에서 새롭게 나온 에너지 드링크인가 봐. 금고 같은 데 고이 모셔 두었더라. 내가 찾는 건 다른 건데……."

내가 사무실을 뒤질 때, 누나는 물건을 털었나 보다.

"이상한 거 먹지 말라면서요?"

"네가 힘이 없어 보여서."

누나는 종종걸음으로 사라졌고 곧이어 문 닫히는 소리가 들렸다. 나는 계단을 내려왔다. 다리가 휘청거려 하마터면 굴러떨어질 뻔했다.

　문 앞에서 상자를 발견했다. 지난번과 똑같이 생긴 상자에 리본도 빨간색. 발신자 주소도, 수신자 주소도 없는 이상한 상자. 집에 와서 열어 보니 손에 꼭 쥐어지는 만능 칼이 들어 있었다. 손잡이는 빨간색이고 아래쪽엔 병따개와 칼과 톱, 등에는 아주 작은 칼과 와인 따개가 달려 있다. 하나씩 다 끄집어내니 세상의 뾰족한 것들을 다 모아 놓은 것 같다. 한숨이 나온다. 도대체 이걸로 뭘 하라는 걸까?

21

부사장실의 문을 열었다. 방 안은 어둡다. 전면 유리창을 향해 등을 돌리고 앉아 있는 한 남자가 보인다. 창밖에는 광안대교가 보이고 그 위를 달리는 자동차의 불빛이 천천히 움직이고 있다. 벽 하나가 전자 기기로 가득하다. 빨간빛, 초록빛의 LED가 쉴새 없이 깜빡거린다.

"저기요."

의자가 빙그르르 돌며 남자의 얼굴이 보일락 말락 했다. 한 발 앞으로 가 본다. K인가? 아니다. 한 발 앞으로 전진. 삼촌인가? 아니다. 한 발 앞으로 또 전진. 이 남자는 그들보다 훨씬 몸집이 크다. 뚱뚱한 게 아니라 거대하다.

"신기하지 않아? 이 부근이 허허벌판의 공군 기지였다는 게. 전쟁이 끝나고 나서도 한동안 자리를 잡고 있었지. 이 자리에 고급 아파트가 들어서리라고 누가 생각했겠어? 미래를 꿰뚫어 볼 수 있는 과감한 상상력에 자금이 투자되어야 발전이 있는 거다.”

코가 약간 막힌 듯한 중저음의 목소리. 처음 듣는데도 익숙하다.

“우리 동네에도 새 아파트가 들어서요. 갈 곳 없는 사람들이 아직 남아 있는데…….”

“발전엔 희생이 따르기 마련이지. 보이지 않는 사람들은 어디에나 있어. 사라져도 아무런 흔적이 남지 않는.”

그런 사람들을 잘 알고 있다. 그중의 하나가 바로 나니까. 남자가 유리잔 속 액체를 들이켠다. 크, 하고 짧은 신음을 토해 낸다. 잔 속에 뭐가 들어 있는지 궁금하다.

“오랜만이구나. 많이 컸네.”

“저를 아세요?”

“서운한걸. 어둠 속에서도 나는 다 알아볼 수 있는데. 여기엔 어떻게 온 거지?”

“엄마를 찾고 있어요. 이름은 신영진. 워크숍에 참여하러 간다더니 한 달째 감감무소식이에요.”

남자는 손가락을 똑, 똑 일정한 속도로 테이블에 두드린다. 그러다 소리가 멈췄다.

“엄마는 너무 걱정하지 않아도 좋아.”

그가 몸을 살짝 비틀자 의자에서 삐걱거리는 소리가 들렸다.

“이 회사 때문에 많은 사람들이 피해를 보고 있어요. 쓸데없는 물건이나 사들이고…….”

그는 책상을 잡고 천천히 일어났다.

“요즘 학생들의 꿈이 건물주 아닌가? 팔지 못할 물건을 사들이는 것과 쓸데없는 공부를 꾸역꾸역 하는 것. 둘 다 비슷한 것 같은데.”

함정에 말려들었다. 다단계 회사가 어떻게 학교하고 비슷할 수 있을까?

“하지만 넥스타는 학교와 다르지. 넥스타는 사람들에게 삶의 목적을 정확히 심어 줘. 제품을 팔려면 고객을 설득해야 하는 게 아니라 자신이 먼저 바뀌어야 하지. 자신의 과거를 버려야 미래를 바꿀 수 있는 거야. 아니면 과거를 통째로 바꿔 버리든가. 너는 어떠냐? 지우고 싶은 과거가 있나?”

무슨 말인지 도통 알 수 없지만 나의 과거를 통째로 지우고 싶다는 것은 분명하다.

“워크숍은 어디서 열렸죠? 엄마는 왜 돌아오지 않는 거예요?”

그는 창 쪽으로 천천히 걸어갔다.

“제주도의 한적한 숲속에 넥스타의 수련원이 있다. 우리는 새로운 약물과 초월 명상, 빅 데이터를 이용한 모바일 기술이 통합된 혁신적인 서비스를 내놓을 거다. 자신이 원하는 게 무엇이든 그것이 될 수 있게 만들어 주지. 네 엄마는 우리의 과업을 위해 자진해서 임상 실험을 하고 있어. 완전히 새로운 사람이 되어 돌아올 거야. 벽에 가득 찬 서버의 하드 디스크 불빛을 봐라. 데이터의 흐름이 아름답지 않니?"

나는 흘깃 벽을 쳐다보았다. 우우우웅, 기분 나쁠 정도로 낮은 주파수로 방 안을 가득 채우고 있던 건 서버 컴퓨터의 팬 소음이었나 보다.

"엄마는 새로운 사람이 될 필요가 없어요."

"정말이냐?"

광안대교를 밝히던 불빛이 갑자기 꺼졌다. 도대체 이 사람은 누굴까? 나를 알고 있는 것 같은데 나는 왜 그를 모르는 것일까? 그걸 알기 위해서 내가 할 수 있는 건 오직 하나뿐이다.

나는 그를 향해 돌진했다. 온몸의 힘을 심어 그를 밀쳤다. 끄떡없을 줄 알았는데 그는 힘없이 창에 부딪혔다. 유리창이 와장창 깨지며 그는 중심을 잃었다. 나는 두 팔로 그를 꼭 껴안고 목을 물었다. 송곳니가 피부를 뚫고 들어갔다. 어처구니없을 정도로 쉽게. 입 안으로 향기로운 액체가 뿜어졌다. 포도 주스와 딸기 주스를 반반 섞은 맛이다. 하하핫, 성공이다. 성공이야. 드디어 사람의 목을 물었다. 한 방울도 남김없이 다 마실 테다.

하지만 그것도 잠시. 남자는 창문 밖으로 떨어진다. 남자를 잡고 있던 나도 함께. 떨어지는 가속도, 온몸에 부딪히는 바람, 터져 나오는 비명, 이 모든 것이 생생하다. 하지만 이상하잖아? 이런 생각을 하기도 전에 바닥에 떨어져야 하는데 끝을 알 수 없는 어둠 속으로 낙하하고 있다니.

*

꽈당, 소리를 내며 바닥에 떨어졌다. 으으윽. 차가운 바닥에 얼굴을 대고 한참을 누워 있었다. 아스팔트 도로가 아니라 우리집 거실 바닥이었다. 오랜만에 높은 곳에서 떨어지는 꿈을 꾼 것이다. 소파 테이블에 지난밤에 마신 음료수 병이 보인다. DREAM LFO. 그걸 집어 들고 쿵쿵 냄새를 맡아 본다. 입에 털어 보니 몇 방울밖에 남지 않았다. 포도 맛과 딸기 맛이 난다. 꿈속에서 마셨던 피의 맛이다. 갈증이 해결되기는커녕 목이 더 마르다.

휴대폰을 보니 또 하루가 지났다. 해는 이미 졌고 하늘에 살짝 붉은 구름이 드리워져 있다. 대충 옷을 껴입고 밖으로 나섰다. 그냥 걸었다. 녹슨 운동 기구가 놓인 공원을 지나 중국집과 목욕탕을 지나쳤다. 사람들은 보이지 않았다. 다행이다. 누구라도 눈에 보였다면 나쁜 짓을 저지를 것만 같았으니까.

정신을 차려 보니 삼촌의 집 앞이다. '절대 출입 금지'라는 노란 바탕의 커다란 스티커가 대문에 붙어 있었다. 언제 이런 게 붙어 있었지? 담벼락에는 텔레비전과 자질구레한 물건들이 버려져 있다. 나는 쪼그려 앉아 고양이 시체를 만지는 것처럼 쓰레기를 뒤적거려 본다. 텔레비전도, 컴퓨터도, 유선 전화기도 그의 것이다.

스쿠터는 그대로 세워져 있었다. 그걸 밟고 담을 넘어 2층으로 올라갔다. 현관문의 유리창이 깨져 있고 문도 활짝 열려 있다. 휴대폰을 꺼내어 안쪽을 비췄다. 거실 바닥은 발자국으로 어지럽다.

"아무도 없어요?"

신발을 신은 채로 거실로 올라갔다. 스위치를 켜도 불은 켜지지 않았다. 안방 문을 열어 본다. 바닥에 깔린 이불이 제멋대로 흐트러져 있다. 약봉지, 소주병, 구겨진 복권 영수증. 유리가 박살 난 작은 액자도 발견했다. 나는 깨진 액자에서 사진을 꺼냈다. 나와 엄마가 어릴 적, 용두산 공원에서 찍은 사진이다. 외투 주머니에 구겨지지 않게 집어넣었다.

그때 멍, 하고 강아지가 짖는 소리가 들렸다. 경박한 발걸음 소리와 함께 망치가 나타났다. 망치를 껴안자 녀석은 혀로 나의 뺨을 마구 핥아 댔다.

'이거 봐라, 이렇게 철거될 걸 알고 딱 도망친 거잖아. 똥개도 버리고 말이야.'

나쁜 내가 말했다.

'뭐라는 거야? 나쁜 놈들에게 당한 게 틀림없어. 스쿠터와 망치를 놔두고 갈 리가 없잖아.'

착한 내가 맞섰다. 누구의 말이 맞는지 알 수가 없었다. 나는 부엌을 뒤졌다. 망치의 사료를 싱크대 아래쪽에서 발견했다. 개 밥그릇에 사료를 부어 주니 허겁지겁 먹었다. 나도 맛보고 싶을 정도로 맛있게. 그릇은 금방 비워졌다. 목줄을 묶어 망치와 함께 집을 나왔다.

수신 차단을 풀고 삼촌에게 전화를 걸어 보았다. 전원이 꺼져 있다는 안내가 흘러나왔다. '연락 줘요.'라고 문자를 보냈다. 내친 김에 엄마에게도 전화를 걸어 보았다. 당분간 수신이 불가하다는 안내가 흘러나왔다. 다들 자기 마음대로 사라진다. 남겨진 사람, 남겨진 강아지는 생각도 하지 않고.

나는 망치의 사료를 챙겨 빠른 걸음으로 우주맨션으로 향했다. 망치는 목줄을 끌며 낑낑댔다. 자기 집을 떠나지 않고 싶은 모양이다. 망치는 더 버틸 힘이 없어서 질질 끌려왔다. 집에 도착하니 우리 집 문 앞에서 현지 누나가 서성거리고 있었다. 나를 발견하고 계단을 재빨리 올라왔다.

"어머, 이 강아지 귀엽다. 어디서 났어? 길에서 주운 거야?"

"오늘부터 제가 임시 보호를 할 예정이에요."

망치는 누나를 보고 꼬리를 흔들어 댔다.

"시간 없어. 나하고 함께 갈 데가 있어."

누나의 볼이 빨갛다.

"어디를요?"

"콘서트홀에. 오늘이 마리안느의 마지막 멤버가 데뷔하는 날이야."

"친구하고 간다고 하지 않았어요?"

"막판에 펑크를 냈어. 서울에서 내려온다고 할 때부터 무리라고 생각했지만. 그래서 표가 한 장 남아. 오늘은 나하고 함께 가 줘야겠다. 어제는 내가 따라가 줬잖아."

친구가 약속을 어겼는데도 화가 난 게 아니라 즐거워하는 것 같다. 나에게 선택권을 주는 게 아니라 부탁을 하는 거다. 오늘은 요란스러운 아이돌 콘서트 따위를 볼 기분이 아닌데, 누나의 눈빛은 간절하다. 반짝반짝 빛나서 광채가 날 정도다. 역시 나는 부탁에 약한 인간이다.

"빨리 말해. 너 때문에 마리안느를 놓치면 평생 저주할 거야."

"알았어요. 그 대신 조건이 있어요."

"오 분 줄게, 나와. 알았지?"

누나는 내 말을 듣지도 않고 사라졌다.

망치에게 물을 줬다. 낼름낼름 혀로 물을 핥고 있는 걸 보니, 나도 목이 말랐다. 나는 냉장고를 열어 한 병 남은 음료수를 백팩에 집어넣었다. 망치가 나를 보면서 꼬리를 흔든다. 너도 함께 가고 싶구나. 하지만 너를 데리고 갈 수 없어. 꼬리가 너무 세차게 흔들려 몸에서 떨어질 것만 같다.

나는 민석이에게 전화를 걸었다. 연락할 사람이 민석이뿐이다. 신호가 가자마자 녀석이 전화를 받았다.

"또 뭐야? 지난번에 넘어진 탓에 뒤통수가 아직도 얼얼하다고."

"부탁이 있어서 그래."

"뭔데?"

"내가 이틀 동안 연락이 없으면 우리 집에 와서 개를 좀 돌봐 달라고."

민석이는 뜸을 들인다.

"아직도 나에게 앙심이 남아 있는 거냐? 지난번 일로 다 끝난 거 아냐? 왜 내가 너의 부탁을 들어줘야 하는데?"

"친구는 원래 그런 거 아냐? 부탁이라면 내가 훨씬 많이 들어준 것 같은데. 네가 빚을 다 갚으려면 아직 멀었어. 나 또 무슨 일을 저지를지 몰라."

나는 나쁜 내가 시키는 대로 말했다. 민석이는 한숨을 쉰다.

"참, 너 우리 집에 뭐 보낸 적 있어? 선물 같은 거."

"내가 왜 너한테 선물을 보내?"

민석이가 짜증을 낸다.

"아니면 됐어. 고마워. 그래도 친구가 있으니까 다행이다. 하나만 더 물어볼게."

"바빠. 학원 수업 시작이야."

전화가 끊겼다. 바보. 제일 궁금한 걸 물어보지 못했다. 혜수 누나가 아이돌로 데뷔한다는데 어떻게 된 건지…….

문을 열자 현지 누나는 내가 뭐라고 하기도 전에 팔목을 홱 잡더니 빠른 걸음으로 걷기 시작했다. 경사가 급한 내리막길에서 넘어질 뻔했다. 도로가에 서 있던 택시에 몸을 던졌다.

누나가 한숨을 돌리고 창밖을 내다봤다. 컨테이너가 가득 쌓인 부둣가를 따라 느릿느릿 차가 움직였다. 시멘트 벽돌 담벼락을 따라 철로가 놓여 있었는데 그 위를 달리는 기차는 본 적이 없다.

"저기, 오늘 데뷔하는 마리안느의 마지막 멤버가 혜수 누나라는 게 틀림없어요?"

누나는 차가 막히는 게 답답한지 창밖을 이리저리 살펴본다. 신호등도 빨간색, 차는 앞뒤로 꽉 막혔다. 콘서트장은 광안리 해수욕장 입구에 있는 방송국 공개홀인데 그 부근은 늘 혼잡하다.

"당연하지. 참, 조건이라는 게 뭐야? 피자, 스파게티?"

누나를 한번 믿어 보기로 했다. 죽은 사람이 되돌아온다면 그게 외계인이라고 해도 이상하지 않겠지.

"누나가 우주선에 탑승할 때, 나도 데려가 주세요. 되도록 먼 곳으로. 아무도 날 찾지 못하게."

"누구한테 쫓기기라도 하는 거야?"

"아뇨."

누군가에게 버림받지 않는 최고의 방법은, 아무도 찾을 수 없는 곳으로 도망치는 거라고 말할 수는 없었다. 이미 둘 다에게 버림받은 것 같아서 비참한 기분이 들었던 것이다.

5부

우주 소녀 **우리 별에도 할 일이 남아 있어**

22

택시 문을 힘껏 밀었다. 꽉 막힌 도로에 이대로 갇혀 있다간 오
프닝을 놓칠 게 뻔했다. 영수가 내 손을 잡고 뛰었다. 좀 천천히
가자고 해도 막무가내였다.

"힘들면 뭐, 업어 줄까요?"

"하늘을 나는 게 아니라면 사양하겠어."

콘서트 시작은 일곱 시 반. 우리가 공연장에 도착했을 때엔 일
곱 시 이십 분이었다. 입장을 마쳤는지 줄은 서 있지 않았다. 다행
이다. 입구를 통과하니 시디와 포스터, 야광봉 등을 판매하는 매
대가 죽 펼쳐져 있었다. 대부분은 톡식의 것이었고 마지막 테이
블에 마리안느의 굿즈가 보였다. 내가 모아 놓은 것보다 종류는
적었다. 지금은 모두 사라졌지만.

나는 둥그런 원에 T 자가 그려진 응원봉 하나를 사서 영수에게

건넸다. 톡식의 공식 응원봉이다. 마리안느의 응원봉은 아직 만들어지지 않은 것 같다.

"이거 뭐예요?"

"여기까지 따라와 줬으니 선물. 들고만 있으면 자동으로 깜빡거리고 색깔도 변할 거야. 기념으로 가져."

좌석은 2층의 중간쯤이었다. 무대와의 거리가 꽤나 멀어서 얼굴이 보일까 싶었다. 다행히 무대 양쪽에 대형 스크린이 있다. 무대에는 커튼이 내려와 있었고 바닥에 깔린 드라이아이스에서 나오는 연기 때문에 신비로운 분위기가 났다. 그 사이로 상상도 못한 것이 튀어나올 것 같았다. 1층 자리는 꽉 찼고, 2층은 듬성듬성 빈 좌석이 보였다. 관객은 대부분 내 또래의 여자아이들이었다.

"누나, 이런 데 자주 와 봤어요?"

지하 소년이 말했다.

"콘서트는 나도 처음이야."

손바닥 안에 들어갈 만큼 작은 화면을 통해 음악 방송을 보고 있으면 화면 안의 세상은 완전히 다른 공간처럼 느껴졌다. 내가 바로 지금, 그곳에 와 있는 것이다. 마리안느가 같은 공간에서 같은 공기를 마시고 있다고 생각하니 기분이 좀 이상했다.

조명이 서서히 어두워졌다. 웅성거리던 사람들이 조용해졌다. 응원봉이 약속이라도 한 듯 스르르 꺼졌다. 지영이가 옆에 있었다면 꺅, 환성을 질렀을 텐데.

지영이는 오전에 문자를 보내 약속을 취소했다. 엄마에게 들켜서 기차를 타러 갈 수가 없다나? 콘서트에 갈 거라는 이야기는 했지만 그게 부산에서 열린다는 것, 하룻밤 자고 올 거라는 이야기는 미리 하지 않았다고 한다. 울어도 보고 애원도 해 봤지만 실패. 연말에 마음이 풀어지면 연초에도 잡기 힘들다는 게 엄마의 주장이었다. 안타깝기는커녕 오히려 안심했다. 지영이 대신 함께 콘서트에 갈 사람이 떠올랐기 때문이다.

영수는 두 손을 얌전히 무릎에 올리고 입을 반쯤 벌린 채 무대를 바라보고 있다. 조명이 반사되어 얼굴이 울긋불긋 변한다. 평소와는 다르게 눈도 반짝거린다. 코 아래에는 거뭇거뭇 수염이 나기 시작했지만 얼굴에 솜털이 아직 남아 있다. 콘서트 티켓처럼 우주선을 탈 수 있는 티켓이 있는 것도 아니면서 녀석을 데려가 주겠다고 약속했다. 혜수라면 부탁을 들어줄 것이다. 자기가 살던 집의 뱀파이어 소년이라면 더더욱.

조명이 어두워지고, 묵직한 드럼 소리가 난다. 「교문을 열며」의 전주다. 베이스 음이 스피커가 찢어질 것 같은 잡음과 함께 흘러나온다. 드럼과 베이스의 저음이 너무 커서 옷이 들썩일 정도다. 영수가 두 손으로 귀를 막는다. 공간이 넓어서 울림이 심하다. 영수처럼 귀를 막아야 소리가 제대로 들릴 것이다. 조명이 위아래, 양옆에서 춤을 추듯 빙글빙글 돈다. 그러다 쿵, 하는 마지막 비트에 음악과 조명이 모두 꺼졌다.

무대 맨 왼쪽의 핀 조명이 켜지면서 비너스가 모습을 보였다. 내 자리에서는 손가락만 한 크기로 보여서, 화면을 통해서 얼굴을 확인할 수 있었다. 뮤직비디오에서 본 것처럼 연한 핑크빛의 긴 머리, 진한 보라색 유니폼을 입었다. 두 번째 조명이 켜지고 수진이 등장, 그다음은 제이, 마지막은 니키였다. 불이 켜질 때마다 멤버별 인기투표라도 하듯 환호가 터져 나왔다. 물론 나는 제이가 등장했을 때 목청이 터져라 고함을 질렀다.

갑자기 정지 버튼을 누른 것처럼 네 명의 멤버가 멈췄다. 응원봉이 환하게 켜지면서 별빛처럼 빛났다. 관객들의 함성이 여기저기서 터져 나온다. 강렬한 전자 기타 리프가 울리더니, 드럼 비트와 함께 「교문을 열며」가 시작되었다. 제이가 앞으로 뛰어나와 무릎을 꿇었다. 헉, 숨이 멈출 것만 같다.

"벗어나고 싶어도 스스로를 가둬, 기약 없는 미래에 가둬. 이제 그만 교문을 열어. 네 마음의 문을 열어. 다, 다, 다, 다 집어치워."

끝부분 '다 집어치워'는 나도 함께 외쳤다. 멤버 모두가 코러스를 하는 부분이다. 나뿐만 아니라 많은 아이들이 약속이라도 한 듯 외쳤다. 멤버와 함께 머리를 흔들면서. 함께 소리를 지른 것뿐인데 관객들과 하나가 된 기분이 들었다. 화면에 제이가 찡긋 윙크하는 장면이 잡혔다. 눈물이 핑 돌았다. 옆에 영수가 없었다면 울어 버렸을지도 모른다.

무대 뒤쪽에 의자와 책상이 낮은 언덕처럼 쌓여 있고 맨 위쪽에 깃발 하나가 꽂혀 있다. 마리안느를 뜻하는 글자 M이 하얀 바탕에 노란색으로 박혀 있다. 1절이 끝나고 간주가 흘러나왔다. 전쟁 중 포화가 빗발치는 것처럼 불빛이 번쩍이더니 비너스가 의자 위로 성큼 올라가 노란 깃발을 뽑아 휘둘렀다. 귀가 찢어질 듯 함성이 커졌다. 니키가 한 발 앞으로 나와 솔로 고음 파트를 부른다.

"리멤버 포에버 에버. 운동장에 묻혀 버린 풍선도, 책상에 새겨진 꿈들도."

꿈들도, 하는 부분은 소리 내기 힘든 고음이지만 니키는 바이브레이션까지 내며 길게 뽑아 냈다. 녹음된 곡보다 훨씬 더 멋지게. 팔에 소름이 돋았다. 비너스는 깃발을 들고 내려와 가운데에 서서 다른 멤버와 함께 후렴 부분을 불렀다. 대포 소리와 총소리가 울려 퍼지면서 노래가 끝났다.

비너스가 안녕하세요, 하고 말했는데도 환호성이 그치지 않았다. 교실에서 꾹 참았던 함성을 여기서 다 지르는 건가? 꾸벅, 멤버들이 다 같이 인사를 하고서야 소리가 잦아들었다.

"여러분 안녕하세요! 마리안느입니다. 오래 기다리셨죠?"

비너스는 안무가 힘들었는지 거친 숨을 뱉어 냈다.

"네!"

아이들과 함께 나도 소리 쳤다.

"저희도 여러분을 오래 기다렸습니다. 오늘을 손꼽아 고대하면서 밤낮으로 연습을 했어요. 실수도 좀 했는데 괜찮죠?"

관객석에서 괜찮아, 괜찮아, 구호가 울려 퍼졌다.

"우리보다 더 오랜 시간 여러분을 만나기 위해서 노력한 멤버가 있어요. 다음 곡에서 마침내 마리안느의 마지막 멤버가 소개될 겁니다. 반갑게 맞이해 주실 거죠?"

"네에!"

입이 바짝 마른다.

"그럼, 카운트다운을 시작할까요?"

피아노 멜로디가 흘러나오고 바로 비너스가 노래를 부르기 시작했다.

"답답한 이곳을 언제쯤 벗어날 수 있을까? 너에게 닿을 수 있다는 희망은 점점 사라져 가고. 아 월 미츄. 섬데이, 원데이, 메이비 네버."

무대 위에서 파란색과 보라색 빛이 빙글빙글 돈다. 그리고 비행접시 모양의 우주선이 천천히 아래로 내려왔다. 열 명, 아니 스무 명도 탈 수 있을 정도로 거대하다. 뮤직비디오에서는 바깥으로 쏟아져 나오는 불빛밖에 보이지 않았는데, 진짜 우주선이 나타나다니! 우주선 아래쪽에서 치이이익 소리를 내며 연기와 불꽃이 나오자 탄성이 관객석에서 흘러나왔다.

네 명의 멤버는 무대 앞쪽에 나란히 서서 춤을 췄다. 허리에서 다리로 내려오는 줄무늬에서 형광빛이 반짝거렸다. 갑자기 뒤에서 열 명 정도의 댄서가 나타났다. 그들은 멤버들과는 달리 회색 유니폼을 입었다. 단체 군무를 절도 있게 척척 해낸다. 우주선이 천장에서 반쯤 내려왔다. 천장에서 연결된 줄이 있나 살펴봤지만 보이지 않았다. 우주선은 연기를 뿜으며 공중에 떠 있는 것 같다. 균형을 잃은 듯, 살짝 비틀거렸지만 천천히 지상으로 내려왔다.

니키가 한 발짝 나와 마음껏 목소리를 뽐냈다.

"지금이 굿 타이밍, 지구에 착륙할 퍼펙트 찬스. 이제 카운트다운을 시작해. 스리, 투, 워어어언."

우주선이 바닥에 사뿐히 착지했다. 반주가 멈추고, 연기가 사그라들었다. 문이 스르르 아래로 열리자 계단이 되었다. 우주선 안쪽에서 환한 빛이 뿜어져 나온다. 한 여자아이가 허리에 한쪽 손을 얹고 서 있다. 보란 듯이 당당하게. 우주선 안쪽에서 쏘아 대는 강렬한 조명 때문에 실루엣만 보인다. 화면에서도 얼굴은 확인할 수가 없다.

"여러분, 마리안느의 마지막 멤버 헤라를 소개합니다!"

수진이 외쳤다. 사람들의 환호, 신시사이저의 지글거리는 소리, 심장 박동처럼 들리는 드럼 소리가 섞여 귀가 찢어질 것만 같다. 빛 사이로 여자아이가 걸어 나왔다. 사람들이 죄다 자리에서 일어났다. 그리고 커다란 화면에 얼굴이 클로즈업되었다.

"오늘 밤, 하늘을 바라봐. 유성보다 빠른 유에프오 세븐틴. 우리의 비트는 유니버셜. 지쳤어, 망가졌어, 견딜 수가 없어. 이젠 네가 몸을 던질 차례. 우주가 널 부르고 있어. 솔라 세일을 쏘아 올려.

스피드 업 위드 선 라이트. 비 레디. 돈츄 노 댓, 유 캔 리브 온리 웬 유 댄스."

제이가 부르던 랩 소절을 헤라가 부른다. 다른 사람들은 다 '유 캔 리브 온리 웬 유 댄스'를 함께 외치지만, 나는 자리에 주저앉아 귀를 막았다. 스피커의 둔탁한 베이스와 콘서트홀의 울림이 제거되고, 헤라의 목소리가 또렷이 들렸다. 콧소리보다 바람 소리가 더 들어간, 굵은 목소리다. 니키와 제이의 중간쯤이라고 할까? 다시 일어나 헤라가 단독 숏으로 잡힌 대형 스크린을 뚫어지게 바라보았다.

영수가 내 옆구리를 찔렀다. '괜찮아요?'라고 묻는 것 같았지만 함성 소리에 파묻혀 들리지 않았다. 나는 영수를 향해 고개를 세차게 저었다. 전혀 괜찮지 않아. 아니야, 이게 아니라고. 이렇게 될 수는 없다고.

23

헤라는 혜수가 아니었다. 목소리도, 외모도 내가 기억하는 혜수와 달랐다. 혜수는 키가 작은 편인데, 헤라는 멤버 중에서 가장 키가 큰 제이하고 비슷한 것 같았다. 보컬 트레이닝을 받고 성형 수술도 하고 높은 굽의 신발을 신었다고 치자. 외모는 달라질 수 있어도 그 사람이 풍기는 분위기는 바꿀 수가 없다. 무대에 선 헤라는 힘차고 당당해 보였다. 혜수가 아무리 체력 단련을 열심히 했어도, 저 정도의 자연스러운 건강함은 내뿜을 수가 없다. 혜수는 태어날 때부터 아픈 아이였으니까.

노래가 끝나자 조명이 헤라를 비추었다. 나는 자리에서 일어나 앞으로 뛰쳐나갔다. 좀 더 가까이에서 보고 싶어서 2층 앞쪽 끝에 있는 난간에 매달렸다. 헤라는 다른 멤버와는 달리, 조금 더 붉은 빛이 감도는 유니폼을 입고 있었다.

"우와! 제가 꿈을 꾸고 있는 건 아니겠죠? 여러분, 반갑습니다. 마리안느의 헤라입니다."

스크린에 얼굴이 클로즈업되었다. 눈물 때문에 마스카라가 살짝 번졌다.

"우리 별이 워낙 멀리 있다 보니 지구에 도달하기가 힘들었어요. 중간에 우주선이 고장 나서 엉뚱한 별로 가 버렸거든요. 후훗."

옆에 서 있던 멤버들이 손을 입에 갖다 대고 웃는다.

"이제 지구에 도착했으니 우리 멤버들을 다 데리고 돌아갈 거예요. 괜찮죠?"

'아니요!'라는 외침이 관객석 여기저기서 튀어 나왔다.

"그럼 저희와 함께 가실 분들 있나요?"

저요, 저요! 다들 손을 든다. 내 손은 난간을 잡은 채로 부들부들 떨고 있는데.

"좋아요! 다음 주에 발매될 예정인 새 앨범을 꼭 구매해 주세요! 그 속에 앨범에는 담기지 않은 비공개 곡을 다운로드할 수 있는 코드와, 멤버별 홀로그램 탑승권이 들어 있답니다. 다섯 장을 다 모으면 팬 미팅 초대권을 드릴 예정이에요. 동영상 채널에 저희 일상도 자주 올릴 테니 구독과 좋아요도 부탁드려요. 그럼, 마지막으로 앨범에 들어갈 신곡을 들려 드리겠습니다. 오늘 톡식의 팬들만 모인 줄 알고 걱정했는데……."

헤라가 울먹이자 다른 멤버들이 다가와 어깨를 두드려 주었다.

비너스가 말을 이었다.

"부산에 이렇게 많은 팬들이 있는지 몰랐어요. 앞으로 자주 찾아뵐게요. 그럼 신곡「루나틱」을 들려 드리고 저희는 잠시 우리 별에 다녀오겠습니다!"

우주선에서 연기와 함께 붉은색과 보라색 빛이 빙글빙글 쏟아져 나왔다. 95bpm의 느긋한 템포가 칫, 칫, 칫, 칫 박자를 맞춰 울렸다. 그리고 빠밤, 브라스가 흘러나오며 무대 위에서 불꽃이 폭포수처럼 쏟아져 내렸다.

피아노가 재즈 선율을 신나게 연주하고 멤버들이 양 팔을 넓게 벌렸다. 댄서들이 팔과 다리를 잡아당기자 순식간에 의상이 바뀌었다. 유니폼에서 민소매 셔츠와 미니스커트 차림으로. 몸을 흔들 때마다 비늘처럼 생긴 반짝이가 조명에 반사되었다.

"나를 그런 눈으로 바라보지 마. 미쳐 버리기 직전이니까. 보름달이 뜨면 변해 버릴지도 몰라."

어디서 많이 들어 본 것 같은 가사를 다 같이 내뱉었다. 동영상이나 텔레비전에서 비슷한 음악으로 잠시 활동하다 사라진 아이돌들이 떠올랐다. 엄마가 무대를 본다면 이런 말을 하겠지. 아이돌은 어른들이 돈을 벌기 위해 춤을 추는 꼭두각시에 불과하다고. 음악에 대한 열정이나 성공 따위는 유명해지고 싶은 얄팍한 욕망일 뿐이라고. 엄마의 말에 마리안느는 그렇지 않다고 버럭 소리를 질러야 하겠지만, 인정해야 할 것이 있다. 새 앨범의 홍보

와 다섯 장의 홀로그램 카드, 그리고 흔한 멜로디의 선정적인 노래. 이런 노래로 우주와 공명할 수 없다. 내 마음을 움직일 수도 없다. 우리를 다른 별로 데려갈 수가 없다.

주위를 살펴본다. 흥겨운 노래가 흘러나오는데도 아이들은 춤을 추지 못한다. 휴대폰으로 동영상을 촬영해야 하기 때문에 좀비처럼 흐느적흐느적 몸을 움직일 뿐이다.

1층으로 내려가는 비상구 문이 보였다. 계단을 내려가 문을 밀어 보았다. 조금 열리는가 싶었는데 누군가 내 팔을 낚아챘다. 주황색 조끼를 걸친 안전 요원이 소리치면서 2층을 가리켰다. 나는 2층으로 올라가려는 척하면서 몸을 낮췄다. 안전 요원이 다른 곳으로 사라지길 기다려 사냥개처럼 기어서 앞으로 나아갔다.

복도 중간에 턱이 낮아지는 곳을 미처 보지 못했다. 휘청거리며 중심을 잃었을 때 누군가 나를 잡아 주었다. 영수였다. 나를 따라왔나 보다. 나는 무대 쪽을 가리켰다. 내가 하려고 하는 짓을 알겠다는 듯 고개를 끄덕였지만 진짜로 아는 것 같지는 않았다.

나는 무대를 향해 달렸다. 노래는 끝을 향해 가고 있었다. 흥겹던 리듬이 잔잔해지고 우주선의 빙글빙글 도는 불빛만이 무대를 가득 채웠다. 멤버들이 한 명씩 우주선 안으로 들어갔다. 비너스, 수진, 제이, 니키⋯⋯ 그리고 혜라.

"여러분, 반가웠습니다. 새해 복 많이 받으세요!"

혜라가 손을 흔들며 인사를 했다. 이제 스크린이 아니라 직접 내 눈으로 얼굴을 볼 수 있을 정도로 가까워졌다. 하지만 무대에서 이삼 미터 정도 간격을 두고 세워진 바리케이드에 막혀 버렸다. 높이는 내 키보다 높고 촘촘한 철봉으로 막혀 있었다. 영수가 손가락으로 바리케이드 위쪽을 가리키며 몸을 웅크렸다. 녀석의 등을 발판 삼아 가까스로 바리케이드를 넘었다. 뒤를 돌아보니 영수는 한 손으로 꼭대기의 철봉을 잡고 가뿐히 뛰어넘었다. 안쪽에 있던 안전 요원이 달려오자 영수가 온몸으로 돌진해서 남자를 넘어 뜨렸다. 남자는 풍선에 튕기기라도 하듯 데구르르 굴러 버렸다. 이상하다. 저렇게 힘이 센 녀석이었나?

오른쪽 끝 무대로 향하는 계단으로 뛰어 올라갔다. 무대 안쪽에서 한 사람이 소리를 치면서 달려왔다. 우주선의 문이 닫히고, 조명이 어두워졌다. 있는 힘을 다해 슬라이딩. 바닥이 미끄러워서 문 앞까지 미끄러졌다. 으악, 왼쪽 발목이 삔 것 같다. 멤버들은 이미 안쪽으로 사라졌고 조명도 꺼졌다. 계단이 서서히 접히면서 올라간다. 나는 기다시피 계단을 올라가 우주선 안쪽으로 들어갔다.

문이 거의 닫혔을 때 틈으로 손이 보였다.

"혼자 가면 배신자!"

영수다. 나는 녀석의 손을 잡는다. 우주선이 공중에 살짝 떴다. 나는 녀석 때문에 균형을 잃고 휘청거렸다.

"좀 더 힘 내!"

팔이 떨린다. 마침내 다른 쪽 손이 틈으로 들어왔다. 곧이어 머리와 어깨가 보였다. 문이 닫히기 직전에 데굴데굴 몸이 안쪽으로 굴러 들어왔다. 조금만 늦었다면 몸통이 문에 껴 버렸을지도 모른다. 마침내 나는 우주선에 탑승한 것이다. 그것도 지하 소년과 함께.

"괜찮아? 어디 다친 데 없어?"

지하 소년은 아무렇지도 않는 듯, 자리를 털고 일어났다.

"제 점프력 봤어요? 바닥에서 이 미터, 아니 삼 미터를 훌쩍 뛰었을 거예요. 안전 요원도 가뿐히 제압했다고요. 그런데 우주선이 왜 이렇게 어두워요?"

"너희들 여기서 뭐 하는 짓이야? 어떻게 들어온 거야?"

목소리만 들어도 비너스라는 걸 알 수 있다.

"우리, 어느 별로 가는 건가요? 시간은 얼마나 걸리죠? 안전벨트는 매야 하지 않아요?"

녀석의 입을 틀어막고 싶다. 밖은 조명 때문에 밝았지만 안은 어두웠기 때문에 휴대폰 플래시를 켰다. 비너스가 맨 앞에, 그 뒤에는 제이, 나머지 멤버는 뒤쪽에서 겁을 잔뜩 먹은 채로 서 있다.

"저희 이상한 아이들 아니에요."

그 말을 내뱉고 나니, 우리가 진짜 이상한 아이들이라는 게 실감났다.

"궁금한 게 있어서 왔어요. 혹시 연습생 중에 혜수라는 아이 없나요? 고등학교 2학년 올라가고…… 부산 출신인데."

"나는 잘 모르겠는데, 그런 애 아니?"

비너스가 뒤를 보며 묻자 다들 아무 대답이 없다.

"저 누나가 혜수 누나가 아니었어요?"

영수가 혜라를 손가락으로 가리켰다. 혜라는 두 손을 젓는다. 나는 혜라에게 바짝 다가갔다. 휴대폰으로 얼굴을 비추자 꺅, 비명을 지른다. 무대에서와는 달리 겁이 많은 것 같다. 가까이에서 보니 확실히 알겠다. 혜수가 아니다.

"그 아이가 도대체 누군데, 우리 멤버라고 생각하는 거지?"

제이가 앞으로 나섰다. 감정이 실리지 않은 담담한 목소리. 다들 말리는 눈치지만 상관하지 않는 것 같다. 제이가 손을 뻗으면 닿을 듯한 거리까지 다가왔다. 목이 막혀 버렸지만 겨우 말을 토해 냈다.

"마리안느의 마지막 멤버는 혜수여야 하는데⋯⋯."

혜수는 내 친구라고, 나하고 함께 자기 별로 돌아갈 외계인이라고 말하고 싶은데, 눈물이 제멋대로 흘러내릴 뿐이었다. 제이가 내 어깨에 손을 얹었다. 생각보다 키가 커서 위를 올려다보니 회오리 모양의 귀걸이가 반짝거렸다.

제이가 바짝 내게 다가와 속삭였다.

"혹시 채리를 말하는 거야? 올봄까지 데뷔 조에 있었는데 감쪽같이 사라졌거든. 키도 아담하고 부산에서 왔다고 했어."

"잠깐만요. 사진이 있어요. 좀 오래된 거지만."

나는 휴대폰에 저장된 혜수의 사진을 보여 줬다.

"닮은 것 같기도 하고, 아닌 것 같기도 하고……. 아무튼 채리는 나를 많이 도와줬어. 나, 연습생이었을 때 무척 힘들었거든. 모든 걸 포기해 버릴까 하는 생각이 들었을 때, 채리가 구해 준 거나 다름없지. 그 아이가 아니었다면 이 자리에 서 있지 못했을 거야."

그렇구나. 제이가 참여한 노래가 유독 내 마음에 꽂힌 이유를 이제야 알 것 같다. 우리 둘 다 다른 별에서 온 아이의 도움을 받은 것이다.

"난 하마터면 연습실에 출몰하는 유령이 될 뻔했어. 데뷔 못 하고 사라진 아이들이 자정이 너머 연습실에 자주 출몰한다는 소문이 있거든."

제이가 나의 촉촉한 눈가를 닦아 주었다. 손가락의 감촉이 매끈했고 아무 무게도 느껴지지 않았다. 거짓말처럼 눈물이 금세 말라 버렸다.

"너, 우주 소녀 맞지?"

"어떻게 알았어요?"

"멤버별 게시판에서 열심히 활동하잖아. 오늘 콘서트에서 마지막 멤버를 직접 만날 거라는 글, 다 읽었어. 혜라와 아는 사이처럼 말해서 이상했거든."

얼굴이 달아올랐다. 내 마음속 이야기를 끄적거린 것도 다 읽었다고?

"그거 알아? 마리안느의 마지막 멤버의 자리는 늘 비어 있다는 거. 우리의 구조 신호를 수신할 수 있는 외계인이라면 언제든 환영이야."

덜컹, 우주선이 흔들렸다. 내가 넘어지려고 하자 제이는 나를 끌어안았다. 땀 냄새와 화장품 냄새가 기분 좋게 뒤섞여 있었다. 제이의 따뜻한 체온이 그대로 내게 전해졌다. 이대로, 영원히 있었으면 좋겠다. 시간아 멈춰, 멈추라고. 제이가 내 뺨을 쓰다듬었다.

"도착했어. 저쪽 문이 열리면 스태프들이 들이닥칠 거야. 반대편 끝으로 가면 작은 구멍이 있어. 그리로 빠져나가면 무대 뒤쪽으로 나갈 수 있을 거야. 어떻게든 포기하지 말고 견뎌. 그래야 살아남을 수 있어. 알겠지?"

그때 플래시가 켜지며 찰칵, 하는 소리가 들렸다. 내가 건네준 휴대폰으로 영수가 사진을 찍은 거다. 몸을 떼어 내는 제이의 팔을 붙잡았다.

"부탁이 하나 있어요."

내가 말했다.

"루나틱을 타이틀곡으로 하면 안 돼요."

"어처구니없는 노래인 거 나도 알아. 하지만 경쟁에서 살아남으려면 어쩔 수 없어."

마리안느도 마음대로 살 수 있는 게 아니구나. 쾅, 하는 소리가 나며 문이 열렸다. 내부가 환해졌다. 컴퓨터와 대형 관제 모니터

조종실 같은 건 없었다. 합판으로 대충 만든 바닥에 나무와 전기선이 짓다 만 집의 내부처럼 얼기설기 얽혀 있을 뿐이었다. 영수는 잠에서 깨어난 듯, 두 눈을 비비며 주위를 두리번거렸다.

밖에서 괜찮냐고 외치는 소리가 들렸다. 제이를 제외한 멤버들은 소리가 나는 쪽으로 달려갔다. 제이는 끝까지 우리 모습을 지켜봐 주었다. 내가 손을 흔들자, 제이도 손을 흔들었다.

나는 영수의 손을 잡고 뛰기 시작했다. 작은 구멍이라는 건 우주선에서 뿜어져 나오던 조명을 말하는 것이었다. 다른 구멍은 복잡한 조명 기구로 막혀 있는데 맨 끝에 있는 것만 구멍이 뻥 뚫려 있었다. 약간 뒤쪽이라 굳이 조명이 필요 없다고 생각했나 보다.

"야! 너희 거기 멈추지 못해!"

괄괄한 목소리가 뒤에서 들렸다. 나는 엉거주춤 서 있는 영수를 먼저 구멍에 집어넣었다. 어깨 부분이 걸리긴 했지만 몸을 뒤틀어 통과. 내가 몸을 집어넣자 겉옷 탓에 꽉 끼어 버렸다. 영수가 팔을 잡아당겨도 마찬가지였다. 바보, 너무 두꺼운 외투를 입었잖아. 얼른 패딩을 벗고 구멍으로 들어갔다. 반대편에서 영수가 끌어 주었기 때문에 가까스로 빠져나왔다.

아래가 훤히 보이는 철골 구조물이 무대 끝 쪽으로 이어져 있었다. 아래에서는 음악이 쿵쿵 울리면서 화려한 조명이 빛났다. 톡식의 첫 무대가 시작되었나 보다. 아래를 내려다보니 다리가 제멋대로 떨렸다. 여기에서 떨어진다면 무서우면서도 웃긴 장면이 연출되겠지.

나는 어디가 출입구인지도 모르면서 지하 소년의 손을 잡고 뛰었다. 철제 계단을 수십 개 내려가 비상구 문을 통과하여 어두운 복도를 지나 한참을 뛰어가 건물 밖으로 나왔다.

사방은 철망으로 에워싸여 있고 두툼한 철제문은 주먹만 한 자물쇠로 잠겨 있었다. 녀석이 철창에 어깨에 대고 밀었지만 꿈쩍도 하지 않았다. 뒤에서 고함 소리가 들렸다.

"포기해. 우리 이제 틀렸다고. 다 내가 계획한 일이라고 할 테니까 그만둬."

영수는 내 말 따위 아무 상관 없다는 듯 문을 발로 마구 찼다. 철컹 철컹, 철컹 철컹…….

"포기하지 말아야 살아남을 수 있다고 했잖아요."

녀석은 백팩에서 음료수 병을 꺼내 벌컥벌컥 들이켰다. 저건 내가 어제 준 거잖아? 그리고 뒤로 서너 발짝 물러나더니 후다닥 달려 철문을 들이받았다. 끙, 신음을 내면서 자리에서 일어나 뒤로 물러섰다. 전속력으로 쿵, 또 한 번 쿵. 소리가 날 때마다 내 몸이 다 아플 지경이었다.

또다시 쿵, 하는 소리와 함께 자물쇠가 땅바닥에 떨어지고 문이 열렸다. 영수는 열린 문밖으로 저벅저벅 걸어가더니 바닥에 철퍽, 쓰러졌다.

"영수야, 괜찮아?"

그 순간 우악스러운 손이 내 허리를 꽉 붙잡았다. 다리에 힘이 철퍽, 넘어져 버렸다.

"이 녀석들이 어디 겁도 없이 무대에 난입을 해? 공연 방해죄로 처넣어야겠다."

무대에서부터 우리를 쫓던 안전 요원이다. 일어서려는데 그가 다리를 붙잡아 무릎을 바닥에 찍어 버렸다. 머리카락이 삐죽 솟을 정도로 아팠다.

"저리 비켜요!"

나는 고함을 질렀다. 남자가 갑자기 신음을 토해 내며 쓰러졌다. 영수가 남자 위에 올라타 그의 목을 꼭 쥐고 있다. 쓰러져 있던 녀석이 어떻게 된 거지? 남자가 주먹을 허공에 대고 마구 휘둘렀다. 영수가 남자의 목에 입을 갖다 댔다.

"뭐 하는 거야! 그만둬!"

나는 영수를 두 손으로 밀쳐 냈다. 그 틈을 타 남자가 일어나더니 비틀비틀 콘서트홀로 돌아갔다. 영수도 비틀거리며 일어나 반대편으로 걸어갔다. 남자가 누워 있던 자리에 손바닥만 한 핏자국이 보였다.

나는 뒤를 돌아보았다. 콘서트홀에서 쿵쿵대는 드럼 소리와 아이들의 함성이 들렸다. 저 소리가 우주로 퍼져 나가 구조 요청을 할 수 있을까? 그게 궁금해졌다. 그리고 영수가 시야에서 사라지기 전에 녀석을 향해 뛰기 시작했다.

24

영수를 쫓아가기 위해 안간힘을 써야 했다. 외투가 없어서 온몸이 바들바들 떨리고, 발목도 아팠다. 신호등을 두 개 건너니 광안리 해변가에 다다랐다. 종종걸음으로 발길을 옮기는 사람들 속에서 영수는 바다를 보며 멍하니 서 있었다.

광안대교의 불빛이 바다 위에서 울렁거렸고, 해변 쪽에서는 상가와 호텔의 불빛이 환했다. 간간이 폭죽이 터지고 작은 불꽃이 힘없이 떨어졌다. 새해가 코앞이라 조금 들뜬 분위기였다. 지하 소년과 우주 소녀, 우리 둘만 빼고.

영수는 해변 끝에서 어른거리는 고층 건물을 바라보았다. 그곳은 그들만의 새로운 도시처럼 우뚝 솟아 은은한 불빛을 내뿜고 있었다.

"우주선에서 내렸으니, 다른 별에 도착한 건가요?"

녀석과 나는 농담의 코드가 점점 비슷해지고 있다.

"뭐, 그런 셈이야. 웜홀을 통과해 평행 우주의 다른 지구로 왔거든."

이곳은 우주맨션과 비교하면 다른 별이라고 해도 어색하지 않을 정도다. 사람들이 개와 산책을 하고, 카페에 가고, 음식점과 노래방에 간다. 오래된 아파트, 새로운 아파트, 주택가와 상가가 뒤섞여 있다. 다들 살아 있는 것이다.

"아."

영수는 탄식인지 환호인지 모를 소리를 내뱉었다.

"춥다. 집으로 돌아가자. 배도 고파. 할머니가 맛있는 걸 많이 만들어 놓으셨어."

나는 아무렇지도 않은 척 말했다. 영수는 내게로 다가와 갑자기 내 팔을 붙잡았다. 아플 정도로 세게.

"누나에게 이상한 능력이 있는지도 몰라요."

이상한 능력은 뱀파이어가 갖고 있는 게 아닌가?

"유령을 보는 능력. 그런 능력이 있는 사람, 텔레비전이나 영화에서도 나오잖아요."

작은 불꽃이 하늘로 솟았다가 터지지 않고 연기를 내며 사라졌다.

"그럼 네가 유령이라는 말이야? 그럴듯하네. 뱀파이어라는 핑계로 밤에만 나타나고, 딱히 뛰어난 능력은 없는 것 같고. 너, 어쩌면 배가 고파서 죽었는지도 모르잖아. 한동안 집에만 처박혀 있었다며?"

지나가는 자동차의 헤드라이트가 녀석의 얼굴을 스치고 지나갔다. 얼굴에 핏기가 사라져 하얗게 보일 지경이었다.

"내가 유령이라고요? 뭐, 아이들이 날 유령 취급한 건 사실이죠. 하하."

차라리 화를 내. 웃으니까 더 무섭잖아. 지나가던 남자가 우리를 힐긋 쳐다보더니 빠른 걸음으로 사라졌다. 녀석은 계단 아래쪽의 백사장으로 껑충, 뛰어내려 갔다.

"어딜 가는 거야?"

녀석은 내 말을 듣는 둥 마는 둥 바다 쪽으로 저벅저벅 걸어갔다. 나도 계단을 내려갔지만 녀석의 속도를 따라잡는 건 무리였다. 파도 소리가 함께 밀려들어 왔다가 사라졌다.

"아아아아아!"

지하 소년은 바다를 향해 고함을 질렀다. 목이 터져라 다시 한번 아아아악, 또 아아아아악. 산꼭대기에서 지르는 환성이 아니었다. 꼼짝없이 당할 수 밖에 없는 괴수한테 붙들린 것처럼 발악을 하는 소리였다. 영수는 바다 쪽으로 한 발, 또 한 발 내딛기 시작했다.

"안 돼!"

나는 계단 밑으로 가까스로 내려가 바닷가 쪽으로 뛰었다. 하지만 접질렸던 한쪽 발이 모래사장에 박혀, 그대로 넘어져 버렸다. 차가운 모래가 입 속으로 들어왔다. 고개를 들어 보니 녀석은 바닷물이 무릎까지 차오를 정도로 앞으로 나아갔다. 지나가는 사람들 아무도 녀석을 말리지 않았다. 장난 치고 있는 거라 생각했겠지. 아니면, 진짜 유령이라 보이지 않는 것일지도.

"영수야!"

있는 힘껏 목이 갈라져라 외쳤다. 녀석이 뒤를 돌아본다. 어두워서 무슨 표정인지 잘 모르겠다. 지하 소년이 무슨 생각을 하는지 도무지 모르겠다. 녀석이 센텀시티의 불빛을 한참 바라보더니 뒤를 돌아 바다를 빠져나왔다. 그리고 백사장에 쓰러져 있는 내게 손을 내밀었다. 나는 녀석의 손을 잡고 일어났다. 유령의 손이라고 하기엔 지나치게 보드랍고, 따뜻했다.

"태어나서 이렇게 속 시원하게 고함을 질러 본 건 처음이에요. 바닷물에 들어가 본 것도."

녀석이 말했다. 나는 녀석의 가슴을 주먹으로 쳤다.

"그렇다고 차가운 바다로 뛰어들 건 없잖아!"

나의 입에서 모래와 침이 후드득 튀어나왔다. 다시 한번 영수의 가슴을 쳤다. 녀석은 비틀거렸지만 쓰러지지는 않았다. 배에서 꼬르륵거리는 소리가 나는 걸 보니 살아 있는 건 분명했다.

*

할머니가 저녁을 차려 준 건 오후 여섯 시가 막 지나서였다. 마음이 급했기 때문에 밥은 나중에 먹겠다고 했다.

"잘 먹고 죽은 귀신이 때깔도 곱다 안 카나. 쪼매만 무라."

매일매일이 생일인 것처럼 할머니는 이것저것을 준비한다. 먹는 게 세상에서 가장 중요한 일인 것처럼. 나에게 그것밖에 해 줄게 없는 것처럼. 고마운 일인데도 나는 짜증을 내고 말았다.

"아이, 지금 그런 게 중요한 게 아니라니까! 이걸 다 먹었다간 체하고 말 거야. 콘서트에 다녀와서 먹을게. 기다리지 말고 먼저 주무세요."

집을 나서려는데 할머니가 뒤에서 말했다.

"가시나 마! 할머니가 이거 만든다고 얼마나 고생을 했는데. 마을버스가 안 댕기서 시장에서 이것저것 다 싣고 오르막을 걸어왔다 아이가. 이거 안 먹으면 앞으로도 쫄쫄 굶길 기다!"

집에 도착했을 때에는 밤 열 시가 훌쩍 넘었다. 현관에 들어서자마자 맛있는 냄새가 났다. 식탁에 가 보니 뚝배기와 밥그릇, 국그릇이 뚜껑이 닫힌 채로 얌전히 나를 기다리고 있었다. 열어 보지 않아도 그게 뭔지 다 알고 있다.

"여기 앉아. 내가 밥과 국을 하나씩 더 떠 올 테니까. 할머니는 신경 쓸 것 없어. 저녁 드라마가 끝나면 바로 주무시거든."

영수는 쭈뼛거리며 주변을 둘러보았다.

"우리 집 바로 위인데, 분위기는 많이 다르네요."

"뭐가?"

"그냥 좀."

안방 문을 슬며시 열어 보니 할머니가 코를 옅게 골면서 주무시고 있었다. 가스레인지 위의 커다란 냄비에 일주일 넘게 먹고도 남을 미역국이 있었다. 조금 전에 데웠는지 아직도 김이 모락모락 솟아올랐다. 국과 밥을 하나씩 더 차려 영수의 맞은편에 앉았다. 한가운데 있는 뚝배기 그릇을 열어 보니 보기만 해도 달짝지근한 갈비찜. 내가 좋아하는 감자가 잔뜩 들어가 있었다. 잡채도 있고 깍두기와 콩자반까지.

"자, 먹자. 오늘 우리 힘든 일 많았잖아."

이 모든 음식을 마치 내가 만든 것처럼 생색을 냈다. 영수는 말없이 먹기 시작했다. 나는 국을 한 숟갈 떠서 먹어 보았다. 할머니가 만든 미역국은 엄마가 만든 것과는 확실히 다르다. 재료는 비슷해도 깊은 맛이 있다고 할까? 속을 따뜻하게 채워 주는 비밀 양념이 있는 것 같다. 나는 밥 한 공기를 다 비우고 두 번째 밥공기도 해치웠는데 녀석은 갈비찜의 고기만 몇 점 뜯어 먹을 뿐이었다.

"내가 찾아 줄 수 있어요."

젓가락을 놓으며 지하 소년이 말했다.

"누구를?"

"혜수 누나요. 내가 찾아 줄 수 있다고요."

"어떻게?"

"누나의 피를 마셔야 해요. 실종된 사람을 찾는 일을 하는 K라는 뱀파이어가 있어요. 피를 마시면 그런 능력이 생기나 봐요."

"내가 고맙습니다, 하고 당장 헌혈이라도 할 줄 알았니? 혜수는 내가 찾고 싶다고 찾을 수 있는 게 아냐. 내가 필요할 때 나타나는 거라고. 오늘 나타나지 않은 건 실망이지만 괜찮아. 기회가 다시 올 테니까."

녀석은 가방에서 주섬주섬 음료수 병을 꺼냈다. 엉망이 된 넥스타의 사무실에서 내가 찾아낸 거다. 내가 진짜로 찾고 싶었던 건 TRA-P15 였는데 약상자가 하도 많아 실패했다. 그냥 나오기는 억울해서 손에 잡히는 대로 음료수 두 병을 슬쩍한 것이다.

"이걸 마시니 힘이 부쩍 세진 것도 같아요. 그리고 이상한 꿈을 꿨어요."

"무슨 꿈?"

"설명하기가 좀 복잡해요. 꿈인 것 같은데 너무 생생해서 아닌 것 같기도 하고……."

누나는 나를 노려본다.

"경비원은 어떻게 된 거야? 너, 자꾸 그런 장난 치다가는 큰일 나는 수가 있어!"

"누나를 구해 주려고 한 거잖아요! 나도 멈출 수가 없었다고요. 물려고 했는데 제대로 물 수도 없었어요. 그 아저씨는 넘어져서 피를 흘린 것뿐이에요."

"누가 구해 달라고 했어?"

이렇게 소리를 지르려고 한 게 아닌데, 항상 이런 식으로 일이 꼬인다. 엄마하고 싸울 때도 항상. 고맙다고 해야 하는 건 아는데, 화가 먼저 나는 것이다.

"나도 문제가 많지만, 누나도 마찬가진 거 알고 있죠? 죽은 친구 핑계로 아이돌이나 쫓아다니고. 정상이 아닌 건 누나예요. 병원에 한번 가 보세요. 휴우, 내가 누나 말을 믿은 게 바보지."

"방금 뭐라고 했어? 죽은 친구?"

나는 자리에서 벌떡 일어나 녀석의 팔을 붙잡았다. 녀석의 몸에서 열기가 느껴졌다.

"죽은 친구 핑계로 아이돌이나 쫓아다닌다고 그랬니?"

녀석은 내 눈길을 피한 채 물끄러미 식탁을 쳐다보았다.

"진짜 유령은 내가 아니라 혜수 누나일지도 몰라요. 제 친구가 우주맨션에 살았는데, 삼 년 전에 우리 집에서 살던 누나가 옥상에서 떨어졌다고 했어요."

"확실해? 확실하냐고? 네 친구가 직접 봤대? 뉴스에도 났어? 경찰은 출동했어?"

녀석을 잡은 손에 힘이 빠져 버렸다.

"그건 나도 잘 몰라요."

"야! 제대로 알고나 그런 말 하라고. 너야말로 뱀파이어 쇼는 그만하는 게 좋아. 뱀파이어 핑계로 죽고 싶다고 어린애처럼 징징 짜는 거, 더 이상 봐줄 수가 없어."

영수는 테이블을 쾅 치더니 자리에서 뻘떡 일어났다.

"누나는 다 가지고 있잖아요. 친구도, 엄마와 아빠도, 집도……. 아무것도 없는 나 같은 아이의 마음을 모르겠죠. 아무리 노력해도 보통으로 살아가기 힘들어서 포기하고 싶은데, 그것도 제대로 할 수가 없는 사람의 마음을 알기나 해요?"

영수는 몸을 홱 돌려 현관 쪽으로 걸어갔다. 녀석이 걸어간 자리마다 물기가 묻어 있었다. 문이 닫히는 소리가 들렸지만 인사도 하지 않았다. 멍하니 식탁 의자에 앉아 있었을 뿐이다. 미안하다는 말을 하고 싶어졌을 땐, 이미 늦었다.

나는 혜수를 마지막으로 만났을 때를 떠올려 보려고 애썼다. 육교 위에서, 쇼핑몰 푸드 코트에서, 피팅 룸에서, 그리고 서점에서. 내가 봤던 얼굴, 나누었던 이야기, 잡은 손의 촉감……. 기억이 하나하나 생생하게 나는 것 같기도 하고, 꿈을 꾼 것 같기도 하다. 이 모든 것들이 물감을 제멋대로 섞어 버려 원래 어떤 색깔이었는지 알 수 없는 것처럼 뒤죽박죽이다. 지하 소년의 말처럼 병원에 가 봐야 할지도 모른다.

정신을 차려 보니 식탁에 은색으로 반짝반짝 빛이 나는 음료수병이 보였다. 'DREAM LFO' LFO가 무슨 뜻인지 궁금해서 라벨을 자세히 읽어 보았다. 'Life Frequency Oscillator'* 도대체 뭐라는 건지 모르겠지만 일단 뚜껑을 열었다. 그걸 싱크대에 부어 버리려다 멈췄다. 이걸 마시니 꿈인 것 같으면서도 아닌 것 같았다고? 힘도 세어졌다고? 믿기 힘들지만 확인해 보고 싶다.

딱 한 모금의 양이 남아 있었다. 눈을 감고 꿀꺽 마셔 버렸다. 과일 향이 났다. 식탁에 앉아 무슨 일이 일어나기를 기다려 봤다. 머리가 맑아지기라도 할 줄 알았는데 더 피곤해질 뿐이었다. 그럼 그렇지.

방으로 들어가 자리에 털썩 누웠다. 잠이 오지 않았다. 머릿속에 떠오르는 한 장면을 지울 수가 없었다. 혜수가 우주맨션의 옥상에서 난간을 훌쩍 넘는 장면을. 영수의 말이 진짜라면 어떡하지? 손이 얼어붙을 것 같은 겨울밤, 아무도 혜수의 손을 잡아 주지 않았다면 어떡하지?

---

* Life Frequency Oscillator: 생명의 주파수를 진동시키는 장치. 원래 LFO는 Low Frequency Oscillator의 약자로 신시사이저에서 낮은 대역의 주파수를 진동시키는 역할을 한다.

25

칫, 칫, 칫, 칫. 하이햇 소리가 난다. 툭, 탁, 툭, 탁. 베이스와 스네어 드럼 소리도 들린다. 템포는 110bpm. 아이돌이 신나게 춤을 출수 있을 정도. 자세히 들어 보면 첫 번째와 세 번째 박자의 드럼 소리가 조금 더 세다.

눈을 스르르 떴다. 언제 잠이 들었는지 모르겠다. 방은 아직도 어둡다. 손을 뻗어 휴대폰이 어디 있는지 더듬어 보지만 잘 보이지 않는다. 바닥이 너무 뜨거워서 식은땀으로 등이 축축하다. 칫, 칫, 칫, 칫. 내가 잘못 들은 게 아닌가 보다. 그 소리는 내 방이 아니라 조금 더 먼 곳에서 들리는 것 같다. 문을 열고 거실로 나왔다. 소리가 조금 더 커졌다.

안방 문이 반쯤 열려 있다. 할머니가 한밤중에 화장실에 갔다가 깜빡했나 보다. 문을 닫으려다 안방에서 붉은 빛이 아른거리는 게 보였다. 안방으로 살짝 들어가 본다.

깜짝이야! 할머니가 침대 끝부분에 걸터앉아 두 손에 뭔가를 쥐고 있다. 전등을 켜 보려고 하지만 스위치를 켜도 불이 켜지지 않는다. 뭐야, 갑자기 정전이라니. 할머니에게 다가가 손에 쥐고 있는 걸 살펴본다. 그곳에서 비트가 흘러나오고 있다. 할머니는 나를 올려다본다.

"깼나?"

"할머니, 이거 어디서 났어?"

리듬 머신이다. 'Rhythm Maniac K404'라고 적힌 걸 보니 틀림없다.

"옥상에 누가 버려 놨길래 가져왔다 아이가. 새로 나온 라디오인 줄 알았제. 요즘 사람들은 이사 갈 때 쌩쌩한 물건을 다 버리더라."

나는 리듬 머신이 할머니한테 있는 줄도 모르고 영수의 집을 샅샅이 뒤졌다.

"이거 언제부터 소리가 난 거야?"

"가끔씩 밤에 요래 재밌는 소리를 낸다. 쿵짝쿵짝 불빛도 박자에 따라 반짝거리고. 이게 그분들이 날 부르는 신호 아이가."

그분들이라니? 내가 묻기도 전에 할머니는 자리에서 벌떡 일어났다. 보통 때에는 무릎이 아프네, 허리가 아프네 불평했을 텐데, 사뿐사뿐 가벼운 발걸음으로 방을 나갔다.

"한밤중에 누가 부른다고 그래?"

겁이 났다. 할머니의 치매 증세가 심해진 건가? 현관문이 열리는 소리와 계단을 올라가는 소리가 났다. 나도 밖으로 뛰어나가 계단을 올라갔다. 설마 옥상으로 가는 건가?

옥상 문을 여니 차가운 바람이 거세게 불어왔다. 할머니는 버려진 소파에 앉아 리듬 머신을 두 손에 꼭 쥐고 있다. 템포가 점점 빠르게 치닫는다. 이윽고 천둥소리가 나더니 사방으로 빛이 번진다.

"할머니, 혹시 옥상에 앰프나 스피커 같은 거 없어? 이 소리를 증폭해야 하거든. 그래야 구조 요청을 할 수 있어!"

할머니가 자리에서 일어나 옥상 구석으로 사라지더니 검은 상자를 밀고 나왔다. 앰프와 스피커가 달린 노래방 기계다. 이런 게 옥상에 있었나?

"현지야, 뭐 하노? 나 좀 도와도!"

나는 할머니와 함께 그걸 밀어서 옥상 한가운데로 옮겼다. 리듬 머신의 출력부와 앰프의 입력 마이크 단자를 연결했다. 다행히 노래방 앰프에 연결 코드가 달려 있었다. 물탱크 아래쪽의 모터가 연결된 전원 소켓에 앰프의 전원 플러그를 꽂았다.

앰프의 전원을 켜자 지지직거리는 소음이 났다. 리듬 머신의 플레이 버튼을 눌렀다. 쿵, 탁, 쿵, 탁탁. 130bpm의 빠른 비트가 울려 퍼진다. 콘서트 때 들었던 것처럼 웅장하지는 않지만 잠든 사람들을 깨울 정도로 크다.

하늘을 올려다본다. 아무런 변화가 없다. 나는 리듬 패턴을 다른 것으로 바꾸어 보았다. 두 번째 패턴은 엇박자에 탐탐과 박수 소리도 여기저기 들어가 있다. 템포 다이얼을 돌려 조금 빠르게 만들었다. 이 신호가 우주선에 닿으려면 적절한 주파수에 맞춰야 하겠지.

그때 그르르렁, 천둥이 치며 섬광이 일더니 맞은편 건물에 있던 휴대폰 기지국에 불꽃이 튀었다. 그리고 앰프에서도 펑, 하는 소리와 함께 연기가 솟아올랐다. 드럼 소리가 멈췄다. 플라스틱이 녹는 고약한 냄새가 났다.

"마, 이제 갈 때가 되었네."

할머니가 말했다. 어두운 밤하늘에서 한줄기 빛이 콘서트홀의 조명처럼 내려왔다. 그것도 우주맨션 바로 위, 할머니가 있는 곳으로. 나는 할머니에게 뛰어가 허리를 꼭 껴안았다.

"어딜 간다고 그래? 절대로 안 놔 줄 거야!"

할머니는 내 머리를 쓰다듬는다.

"걱정 마라. 원래 있던 곳으로 가는 거니까. 이 할미가 어디서 왔는지 다 생각이 났다 아이가. 요새 거는 잊어 버려도 옛날, 아주 옛날 것은 기억나거든. 저기 봐라, 나 말고도 갈 사람들이 많다."

할머니가 가리키는 쪽으로 보니 하늘에서 내려오는 불빛이 하나둘이 아니다. 우리 동네 전체로 여기저기 뻗어 나가고 있다.

"이 세상은 지겹도록 살아 봤다. 이렇게 예쁜 손녀도 이 세상에 남겨 놨으니까 후회할 것도 없제. 이 할미도 돌아가면 예쁘게 살기다, 니처럼 예쁘게. 하고 싶은 것도 마음껏 하고."

"할머니는 제대로 알지도 못하면서! 나는 예쁘지도 않고, 하고 싶은 것도 제대로 못 하고 살아."

"뭐라카노? 니 때가 제일 좋은 때라는 거 모르나?"

"그런 거 몰라. 모른다고! 답답해서 미치겠다고! 왜 가장 좋은 때에 미치도록 힘든 거냐고!"

목이 쉴 정도로 고함을 질러 버렸다.

"니도 늙어 보면 다 알 기다. 젊은 시절엔 마음이 힘들고, 늙어 버리면 몸이 아프거든."

나는 고개를 들어 빛이 쏟아지는 곳을 쳐다보았다. 구름이 서서히 걷히고 빛의 정체가 나타났다. 우주선이었다. 철판과 합판으로 만든 조악한 무대 장치가 아니라, 매끄러운 표면에 전체적으로 은은한 빛을 내는 진짜 우주선. 그 우주선 바닥에서 빛이 여러 갈래로 쏟아지고 있었다. 그중의 하나가 할머니를 비췄다.

할머니가 풍선처럼 두둥실 공중에 떴다. 그 빛은 마치 할머니를 자석처럼 하늘을 향해 끌어당겼다. 할머니의 다리를 붙잡았는데도 그만 놓쳐 버렸다.

"할머니, 나도 같이 가!"

나는 허공에 대고 팔을 휘저었다. 하지만 있는 힘껏 위로 뛰어 보아도 제자리로 낙하할 뿐이었다.

할머니는 빙긋 웃으며 손을 흔든다. 껑충껑충 뛰어도 할머니에게 손이 닿지 않는다. 다른 빛줄기를 따라 사람들이 우주선을 향해 떠오르고 있다.

그때 옥상 문이 열리고 지하 소년이 거친 숨을 쉬며 나를 향해 다가왔다.

"아이, 시끄러워서 잠을 잘 수가 있어야죠!"

부끄러운 줄도 모르고 나는, 눈물과 콧물을 흘렸다.

"영수야, 그들이 할머니를 데려가고 있어."

"누가요?"

나는 빛이 쏟아지는 하늘을 가리켰다.

"우리 할머니 좀 구해 줘. 제발 도와 달라고."

영수는 할머니가 올라가고 있는 하늘을 쳐다봤다.

"오……. 진짜 우주선이다."

영수가 물탱크 위로 뛰어 올라갔다. 다리에 스프링이라도 달린 것처럼 껑충. 물탱크의 꼭대기는 우주맨션의 가장 높은 곳이다. 하지만 할머니는 그보다도 훨씬 높은 곳으로 올라가고 있어서 얼굴이 잘 보이지 않는다. 아마도 웃고 있겠지. 뭐가 좋은지 우주선 쪽으로 만세를 하는 것처럼 팔을 쭉 뻗고 있으니까.

영수는 물탱크 끝으로 뒷걸음질 치더니 멀리 뛰기라도 하는 것처럼 달려 나갔다. 그러고는 물탱크 끝을 밟고 하늘 위로 점프했다. 날개도 없는 주제에 뭘 하려는 거지?

"으으으으아!"

녀석이 고함을 지르는 순간, 나는 두 손으로 눈을 가리고 말았다. 물탱크는 우주맨션의 끝과 닿아 있고 그곳에서 떨어지면 5층 아래로 수직 낙하다. 후회했다. 영수에게 무리한 부탁을 했다.

조용하다. 리듬 소리도, 천둥 소리도 더 이상 나지 않는다. 모든 사람이 잠든 밤, 아무 일도 일어나지 않을 법한 밤의 고요. 눈을 뜨기가 겁이 나서 나는 주저앉고 말았다.

얼굴에서 손을 내렸을 땐, 영수가 하늘에서 천천히 아래로 내려오고 있었다. 우리 할머니를 등에 업고서. 녀석의 등 뒤로 우주선에서 내려오는 광선이 은은하게 비치고 있었다. 마치 허리에 와이어라도 단 듯, 사뿐하게 옥상에 착지했다.

"괜찮아?"

할머니는 영수의 등에 업힌 채로 잠이 들어 있었다. 잠꼬대라도 하는 것처럼 뭔가를 중얼거리면서.

"영수야, 어떻게 된 거야?"

"뱀파이어가 이 정도야 가뿐하죠. 마음먹고 점프를 했더니 정말 가능하더라고요. 우하하하."

나는 할머니의 손을 잡아 보았다. 까칠까칠하고 쭈글쭈글하지만 따뜻했다.

"정말 뱀파이어라도 된 거야?"

영수는 뭐가 좋은지 실실 웃는다. 어딘지 모르게 자신감이 차 있는 표정.

"진즉부터 뱀파이어였다고요."

하늘에서 그르렁거리는 소리가 났다. 지상으로 내려왔던 빛이 하나둘씩 사라지더니 우주선이 순식간에 구름 속으로 숨어 버렸다. 나는 아직도 무언가가 나타나기만을 기다리고 있다. 불꽃 축제가 다 끝났는데도 마지막 불꽃을 기다리는 것처럼. 하지만 저 멀리서 도시의 불빛이 반짝거릴 뿐이다.

"뭐 해요, 안 내려가고? 이러다간 할머니 감기 걸리겠어요."

영수는 할머니를 둘러업는다.

"그래. 내려가자."

옥상을 빠져나가 복도 계단을 내려갔다. 깜깜해서 아무것도 보이지 않는다. 앞서 가던 영수의 손에서 환한 불빛이 켜졌다. 콘서트에서 사 줬던 응원봉이었다. 녀석은 잠시 멈췄다. 불빛이 깜빡거리면서 툭, 꺼져 버렸다.

"참, 혜수 누나가 우리 집에 찾아왔어요."

"누구?"

할머니의 구부러진 등이 팔에 살짝 닿았다.

"얼핏 잠이 들었는데, 깨어나 보니 피아노를 치고 있더라고요. 잠든 사이에 도둑이 든 줄 알았다니까요. 누나 말이 맞았어요. 혜수 누나는 찾는 게 아니라, 필요할 때 나타난다는 말. 미안해요.

죽지 않았다는 거 인정할게요. 내 눈으로 직접 봤으니까."

"왜 나를 깨우지 않았어? 잠깐, 지금도 너네 집에 있는 거야?"

왜 이 녀석은 중요한 걸 먼저 말해 주지 않는 걸까? 녀석을 앞질러 계단을 서너 개씩 뛰어 내려갔다.

"지금은 없어요. 우주선이 정박한 사이에 잠시 들른 거래요. 몇 마디 나누지도 않았는데 사라졌어요."

아무리 바빠도 그렇지, 나를 만나지도 않고 가다니. 날 데려간다고 했으면서…….

"다른 말은 없었어? 나에게 전할 말이라든가…….”

딸깍, 하고 응원봉이 다시 켜졌다. 불빛이 하얀색에서 파란빛으로 서서히 변했다. 이 상황을 누군가가 지켜보기라도 하듯이.

"이상한 말을 하던데. 자신만의 멜로디를 만들어 달라나? 그래야 제대로 된 구조 요청을 할 수 있다고."

녀석이 고개를 절레절레 흔든다. 영수는 할머니를 안방에 눕혔다. 할머니는 기분 좋게 잠이 들었다. 알아들을 수 없는 소리를 중얼거리면서.

"나, 한동안 보이지 않아도 걱정 말아요."

"어딜 가는데?"

"해야 할 일이 있어요."

"무슨 일?"

"사라진 사람들을 찾아 보려고요."

"사람들이라니? 엄마 말고 또 누가 사라졌어?"

"많아요. 그런 사람들. 나도 누나도 우주선이 데려가지 않는 걸 보니 우리 별에도 아직 할 일이 남아 있는 게 틀림없어요."

영수의 눈빛이 응원봉의 불빛을 받아 반짝거렸다.

"나는 뭘 해야 할지 아직 모르겠는데."

"괜찮아요. 나처럼 저절로 알게 될 테니까."

영수가 미소를 짓는다. 녀석과 말다툼을 한 게 몇 시간 전인데 아주 오래전 일처럼 느껴진다. 그사이에 영수가 조금 어른이 된 게 아닐까 의심이 들 정도로.

녀석의 한쪽 손목에 붕대가 감겨 있는 걸 발견했다. 팔을 만지자 녀석이 화들짝 놀랐다.

"이거 뭐야? 뭐 하다 다친 거야?"

"시험을 해 보려다…… 말하자면 길어요. 괜찮아요. 누나나 조심해요. 이 동네는 위험하니까."

진짜로 걱정이 되는 사람은 바로 저 녀석이다. 혼자 돌아다녀도 괜찮은 걸까? 누군가 도와줘야 하는 건 아닐까? 아니, 위험한 짓을 하면 말려야 하는 건 아닐까?

"잠깐만 기다려 봐."

나는 방으로 들어가 슈트 케이스를 뒤졌다. 가출할 때 챙겨 온 점퍼가 있을 것이다. 녀석이 변변한 외투도 없이 밤거리를 누비는 게 맘에 걸렸다. 하지만 옷을 들고 방에서 나왔을 때, 녀석은 없었다. 문이 닫히는 소리도 들리지 않았는데, 감쪽같이 사라져 버렸다. 아래층에서 강아지가 짖는 소리가 날 거라고 생각했는데 아무 소리도 들리지 않았다.

눈이 스르르 감길 정도로 피곤해서 이불 속으로 기어들어 갔다. 눈을 감고 오늘 일어난 일을 정리해 보려고 애썼다. 너무 많은 일이 일어나서 어디까지가 진짜로 일어난 일인지, 아니면 꿈인지 헷갈렸다. 상관없다. 할머니가 하늘로 올라가지 않았으니까. 혜수가 살아 있다는 것도 알게 되었으니까.

나는 이불을 뒤집어썼다. 이불 속은 부드럽고 따뜻했다. 우웅, 하는 소리와 함께 기름보일러가 돌아갔다. 그게 자장가라도 되는 듯 스르르 잠이 들고 말았다.

26

"현지야, 이제 정신이 드니?"

있는 힘을 다해 눈을 떠 보지만 눈앞이 흐릿하다. 하나, 둘, 셋. 서서히 초점이 돌아오면서 환해졌다. 엄마가 나를 내려다보고 있다.

"엄마가 여긴…… 웬일이야?"

"너, 하루 종일 잠들었던 거 알아? 열도 펄펄 나고, 헛소리도 하고. 응급실에 데려가려다 말았어. 열은 내렸지만 정말 괜찮은 거야?"

엄마는 내 이마에 손을 갖다 댔다. 아직도 미열이 남아 있는 것 같다.

"할머니는 어떻게 됐어?"

나는 자리에서 벌떡 일어나 앉았다. 머리가 지잉, 울려서 다시 주저앉았다.

"어떻게 되긴? 지금 저녁 차리시잖아. 어제 콘서트는 어땠어? 마리안느가 오프닝에 나왔다며?"

나는 머리맡에 있는 휴대폰을 주섬주섬 챙겼다.

"내일 당장 짐 싸서 서울로 올라갈 거야."

"누가 간다고 했어?"

나도 모르는 사이, 한마디 상의도 없이 엄마의 뜻대로 나의 미래가 결정되었다. 엄마는 눈을 흘긴다.

휴대폰 속 사진 앨범을 열었다. 제이하고 찍은 사진이 나왔다. 플래시가 켜져서 너무 환하기는 해도 나와 제이가 다정하게 붙어서 찍은 게 분명하다. 지영이에게서 톡이 와 있었다. 사진을 보내려는데 엄마는 내 손에서 휴대폰을 낚아챘다. 그걸 공중에 높이 들어 벽에 던질 기세다. 차라리 던져 버려. 다 부숴 버리라고. 엄마의 팔이 스르르 내려오고 휴대폰은 이불 위에 살포시 놓였다.

"미안, 네 물건을 마음대로 버려서. 가끔씩 나도 너만 할 때가 있었다는 걸 잊게 돼. 내 딸을 누구보다 잘 이해한다고 생각하는데 낯설 때가 있어서 나도 당황스러워. 이해해 줄 수 있니?"

엄마가 이렇게 쉽게 사과를 할 줄은 몰랐다. 엄마 성격상 그 말을 꺼내려고 몇 번이고 연습했을 것이다. 부산으로 다섯 시간을 넘게 운전해 오는 내내. 내가 대답을 하지 않자 엄마는 할머니를 도와야겠다면서 자리를 떴다. 이로써 무승부.

나는 휴대폰을 집어 들고 슬며시 자리에서 일어났다. 머리가 어지럽고 온몸이 힘이 빠져 하마터면 넘어질 뻔했다. 거실로 나가 엄마가 할머니와 함께 부엌에서 음식을 준비하는 모습을 지켜보았다. 둘은 말은 없었지만 손발이 척척 맞는 것처럼 보였다.

도대체 뭐가 꿈이지? 할머니가 옥상에 올라가 우주선에 탑승하려던 거? 아니면, 엄마와 할머니가 사이좋게 부엌에서 일하는 거? 눈을 비벼 본다. 여전히 엄마와 할머니는 사이좋게 나란히 서서 저녁을 준비하고 있다. 증거를 남기기 위해 사진을 한 장 찍었다. 그리고 그 사진을 아빠에게 보냈다.

나 혼자 집을 떠나는 게 아니라, 할머니도 함께 서울로 간다는 걸 저녁을 먹으면서 알게 되었다. 중요한 것만 먼저 챙겨 가고 나머지 짐은 아빠가 내려와서 정리하기로 했다. 할머니는 당분간 우리 집에 머물면서 병원에 다니실 거라고 했다. 엄마는 치매라는 말을 꺼내지 않고 그냥 몸이 불편하셔서라고 얼버무렸다. 할머니는 아들 집에서 뒤늦게 식모살이는 하기 싫다고 투덜댔다. 그래도 거절하지 않는 걸 보면 그렇게 싫지는 않은 것 같았다.

저녁을 먹고 할머니와 엄마는 나란히 소파에 앉아 텔레비전을 보았다. 한 해의 마지막 날, 의미 없는 상을 여러 명의 연기자에게 주는 시상식이었다. 나는 그 자리를 슬그머니 빠져나와 옥상으로 올라가 보았다.

스프링이 튀어나온 소파와 깨어진 장독. 휴대폰 불빛으로 샅샅이 옥상을 뒤져 봐도 리듬 머신은 나오지 않았다. 노래방 기계는 물탱크 옆에 있었는데 전원을 켜 봐도 작동하지 않았다.

지하층으로 가 보았다. 아무리 초인종을 눌러도, 문을 두드려도 녀석은 나오지 않았다. 망치가 짖는 소리도 들리지 않았고. 휴대폰을 꺼내 들었지만, 어처구니없게도 녀석의 전화번호를 모른다. 이곳을 떠나면 언제 또 올 수 있을까? 돌아와도 우주맨션은 철거된 후일지도 모른다. 어쩌면 영수를 영영 볼 수 없을지도 모르는 것이다.

계단에 주저앉아 버렸다. 바보. 아무리 피곤했어도, 지난밤에 녀석을 그렇게 보내는 게 아니었다. 어디로 가는지 물어봤어야 했다. 최소한 전화번호라도 교환했어야 했다. 고맙다는 말, 미안하다는 말도 했어야 했다.

그때 고양이 소리가 들렸다. 나비다. 번들번들 검은 털을 자랑하며 내게 몸을 비비더니 껑충, 작은 창으로 뛰어올라 갔다. 마치 그날처럼 똑같이.

나는 벌떡 자리에서 일어났다. 이 집의 열쇠가 어디 있는지 기억났기 때문이다. 비상 열쇠가 창문 안쪽의 끈에 매달려 있어서 혜수는 곧잘 그걸 꺼내 문을 열곤 했다. 아주머니가 시장에 간 사이, 아저씨를 깨우기 싫어서 초인종을 누르는 대신 늘 창문을 열고 줄을 잡아당겼다. 하지만 그건 삼 년도 지난 이야기다.

안전 철창 사이로 손을 집어 넣어 보았다. 안쪽은 바깥보다 조금 더 서늘하고 축축한 것 같았다. 손가락을 휘휘 저어 보지만 닿는 게 없다. 역시 없는 건가, 포기할 때쯤 플라스틱 끈이 잡혔다. 조심스럽게 끈을 당기니 열쇠가 나왔다. 낚시를 해 본 적은 없지만, 월척을 낚으면 분명 이런 기분이 들겠지.

열쇠로 문을 열고 안으로 들어갔다. 전등 스위치는 할머니 집과 똑같은 곳에 있어서 쉽게 찾아냈지만 딸깍딸깍, 아무리 껐다 켜도 불은 켜지지 않았다.

"나비야."

딱히 고양이를 찾고 있는 것도 아닌데, 나비를 불러 보았다. 이 집에 무단으로 침입한 게 아니라, 고양이를 찾으러 왔을 뿐이라는 듯이. 입이 바짝 말라 목소리가 갈라졌다.

영수의 방은 닫혀 있다. 똑똑. 노크를 해도 아무런 대답이 없다. 다시 한번 똑똑. 손잡이를 돌려 본다. 문을 열자마자 훅, 악취가 풍겨 왔다. 땀 냄새, 라면 냄새, 쿰쿰한 빨래 냄새.

방 안으로 들어가지도 않은 채 불빛을 이리저리 비춰 본다. 혜수가 쓰던 책장과 침대가 그대로다. 달라진 게 있다면 벽에 가득 붙어 있던 아이돌 그룹의 포스터가 없는 것 정도.

마음을 가다듬고 방으로 들어갔을 때 뭔가가 밟혔다. 붕대 조각이다. 여기저기 피가 잔뜩 묻어 있다. 바닥을 이리저리 비춰 보니 검게 변해 버린 핏자국이 여기저기 나 있다. 나는 침을 꿀꺽 삼켰다.

"영수야, 자니?"

침대 위에 이불이 돌돌 말려 있다. 그 안에 뭔가가 있을 것만 같다. 휴대폰을 쥔 손에 식은땀이 난다. 기다란 플라스틱 자가 눈에 띄어 그걸 집어 들고 침대로 다가갔다. 자로 이불을 조심스레 찔러 본다. 이불이 푹 꺼졌다. 녀석이 없다는 사실에 안도가 되기도 하고, 실망스럽기도 했다.

야옹, 하고 나비의 울음소리가 거실에서 들렸다. 나는 거실로 나가 피아노 의자에 앉았다. 그리고 뚜껑을 열었다. 지난번에 놔 둔 악보집은 악보대에서 사라져 버렸다. 피아노는 다 알고 있겠지. 이곳에서 무슨 일이 일어났는지 다 지켜봤겠지. 어제, 혜수가 이곳에서 피아노를 쳤던 것도.

'나사에서 블랙홀이 공명하는 주파수를 측정했는데 B플랫이었대.'

혜수가 예전에 바로 이 자리에서 했던 말이 떠올랐다. 내 손은 자연스럽게 검은 건반으로 올라갔다. 띵, 하고 B플랫이 울린다. 다시 한번 띵. 주변을 둘러보았지만 달라진 것은 하나도 없다. 블랙홀이라도 생겨 혜수가 짠 하고 나타나면 좋겠지만.

휴대폰을 악보대에 올려 두고 건반을 매만져 본다. 혜수가 만졌을 건반에 나의 손가락이 닿고 있다. 쇼팽의 녹턴 앞부분을 치다가, 솔라 세일의 후렴부가 이어지고 나중에는 나도 모를 멜로디를 연주했다. 그저 마음이 가는 대로, 손이 가는 대로. 연주 실력은 형편없지만 상관없었다. 화음에 어긋나는 음도 다음에 이어지는 음으로 살릴 수 있었으니까. 템포가 늦어져도 조금씩 빠르게 살릴 수 있었으니까. 자연스레 반복되는 테마가 만들어지고 테마 사이를 연결하는 부분도 자연스레 만들어졌다. 나는 화들짝 놀라 손을 멈췄다.

내가 뭘 연주한 거지? 어디에서도 들어 본 적이 없는 멜로디인데 익숙한 느낌이 든다. 오래전부터 마음속에서 흥얼거린 멜로디 같다.

나는 여전히 지구에서 표류하고 있다. 지하 소년과는 달리 무슨 일을 해야 할지도 모른다. 하지만 예전처럼 조바심이 나지는 않다. 리듬 머신은 찾을 수 없었지만 괜찮다. 내게는 나만의 멜로디를 만들 수 있는 능력이 있으니까. 나만의 방식대로 살다 보면 우주와 공명할 날이 오겠지. 제대로 된 구조 요청을 할 수 있겠지. 마리안느의 마지막 멤버도 될 수 있겠지……

식탁에 메모지와 펜이 보였다. 펜을 들어 또박또박 글씨를 썼다.

'돌아오면 연락 줘. 내일 할머니와 함께 서울로 올라간다.'

내 휴대폰 번호를 적고 그 아래 밑줄을 스윽 그었다. 꼭, 연락 줘야 해. 꼭.

*

새해의 첫날이 되었다. 할머니는 쇠고기를 넣은 떡국을 끓여 주셨다. 떠나기 직전, 우주맨션을 올려다보았다. 벽면에 그려진 고리가 있는 행성이 보였다. 페인트칠이 여기저기 벗겨져 있어서 보기 흉했다. 이집트 벽화처럼 이 벽화에 예언이 표시되어 있다고 혜수가 말했었다. 행성 옆에 우주선이 분명 있었는데, 우주선이 있던 부분이 보이지 않았다. 페인트가 벗겨진 건가?

"뭐 해? 빨리 오지 않고. 지금 출발하지 않으면 오늘 저녁 안에 도착하기 힘들어!"

엄마가 소리쳤다. 나는 한 걸음, 한 걸음 계단을 내려갔다. 아침을 많이 먹었는데도 몸이 가벼웠다. 서너 계단을 풀썩 뛰어 도로에 착지. 지하 소년의 말대로 우리가 평행 우주를 통해 새로운 별에 도착한 것이라면, 이 별은 예전의 지구보다 중력이 훨씬 낮은 건지도 모른다.

나는 할머니가 앉은 뒷자리에 탑승했다. 할머니의 거친 손이 내 손 위에 살포시 내려앉았다. 안전벨트를 매자 차가 서서히 출발했다. 나는 엄마가 들리지 않게 할머니의 귀에 대고 속삭였다.

"할머니, 어제 새벽에 옥상에서 있었던 일 기억나?"

"뭐? 뭐라고? 잘 안 들린다. 좀 크게 말해 봐라."

휴우. 할머니는 아무 일도 없던 것처럼 행동했다. 꿈이라고 생각할지도, 아니면 깜빡 잊어버렸을지도 모른다. 지하 소년 덕분에 지구에 남아 있는지도 모르고.

스피커에서 익숙한 노래가 흘러나왔다. 엄마가 룸 미러로 나를 슬쩍 쳐다보았다.

'지금이 굿 타이밍, 우주에 신호를 보낼 절호의 기회. 카운트다운을 시작해. 스리, 투, 워어어언.'

니키가 고음을 지르자 엄마는 볼륨을 살짝 줄였다.

"마리안느 시디 몇 장 사 놨어."

버릴 때는 언제고, 누가 그런 거 사 달라고 했나?

"엄마, 나 크리스마스 선물 받고 싶어."

할머니는 멍하니 창밖만 보고 있다. 다시 돌아올 수 없을지도 모르는 마을을 두 눈에 담고 싶기라도 하는 듯이. 경찰차 한 대가 우주맨션 방향으로 지나갔다.

"네가 어린애니? 갖고 싶은 게 뭔데?"

"피아노."

"피아노? 이사 올 때 가져올 걸 그랬다. 너무 낡아서 소리가 제대로 나지도 않았지만."

"요즘엔 디지털 피아노도 괜찮은 거 많이 나와. 여러 소리가 들어가 있는 신시사이저도 좋고."

"그래. 일단 적당한 가격 선에서 네가 알아보고 말해 줘. 그런데 갑자기 피아노라니, 아이돌 노래라도 만들 생각인 거야?"

입꼬리가 살짝 올라가는, 엄마 특유의 비꼬는 표정은 보지 않아도 다 보인다. 아이돌 노래를 만든다고? 듣고 보니 그럴듯하다.

"어떻게 알았어?"

"어릴 적엔 곧잘 노래를 제멋대로 지어 불렀잖아. 그래서 엄마가 피아노 학원에 보낸 거고. 기억 안 나?"

"하모 하모, 노래뿐이가, 춤도 잘 춰서 우리 맨션 사람들이 용돈도 많이 줬다 아이가."

할머니가 맞장구를 친다. 나는 하나도 기억이 나지 않는데, 둘이서 짜고 거짓말하는 것 같다.

차는 동네를 빠져나가는 언덕의 꼭대기를 막 넘어갔다. 잎이 다 떨어져 버려 앙상해진 아카시아나무가 보였다. 가지 사이로 덩그러니 남은 빈집들이 보인다. 재개발이 되면 이 나무도 집도 모두 사라지겠지. 이곳에서의 모든 추억도 사라질까? 어쩐지 그럴 것만 같다.

"참, 할머니. 우리 아래층에 살던 혜수 소식 알아?"

내가 말하는 순간 끼이익 하는 소리와 함께 갑자기 차가 속력을 줄이면서 몸이 앞으로 쏠렸다. 할머니가 끄응 하고 신음을 뱉었다. 안전벨트를 하지 않았다면 앞 좌석에 부딪쳤을 것이다. 엄마가 한숨을 내쉬었다.

"고양이가 갑자기 나타나서……. 미안해."

엄마는 룸 미러로 나를 쳐다보았다. 엄마의 눈동자가 초점을 잃고 살짝, 흔들렸다. 창밖을 살펴봐도 고양이는 없다. 그 대신 마을버스 정류장이 눈에 들어왔다. 마을을 빠져나가는 언덕 꼭대기에 있는 정류장이다. 그리고 그 옆에는…….

혜수가 손을 흔들고 있었다. 마리안느의 멤버처럼 요란하게 차려입은 게 아니라 반바지와 헐렁한 티셔츠 차림으로 싱긋, 웃었다. 마지막 여름 방학 때 이곳에서 보았던 것처럼 그렇게. 나도 손을 살짝 흔들었다. 하늘에서는 하얀 것이 살랑살랑 내려왔다. 아카시아 꽃잎이다. 오월에 내린다던 그 눈이 벌써 내리고 있었다.

차는 속도를 내며 언덕을 넘었다. 그리고 혜수는 점이 되어 사라졌다.

6부

지하 소년 **내가 아끼는 사람들을 위해서라면**

27

집으로 내려가는 계단에서 멈췄다. 지하로 향하는 계단은 올라갈 때보다 내려갈 때 더 진이 빠진다. 깊고 어두운 곳으로 가기 때문에. 오늘은 실패의 종합 선물 세트를 받은 것 같다. 마리안느의 콘서트에서 우주선에 탑승했다가 지구 탈출에 실패. 사람의 목을 무는 것도 실패. 광안리 바다에 빠졌지만 수영하는 것도 실패. 현지 누나의 피를 마시는 것도 실패.

문을 열기도 전에 안쪽에서 망치가 짖으면서 문을 발로 긁는 소리가 들렸다. 문을 열자마자 망치가 껑충껑충 두 발로 뛰었다. 그만하라고 소리를 쳤는데도 혀를 낼름거리며 빙글빙글 돌았다. 너하고 놀 힘이 없다고 말해도 멈추지 않았다. 나는 하는 수 없이 머리를 쓰다듬어 주고, 배도 쓰다듬어 주었다. 미안. 너를 버리고 갈 마음은 아니었어. 진짜야.

망치는 소파 다리에 대고 오줌을 쌌다. 나는 걸레를 가져와서 오줌이 흥건한 바닥을 북북 닦았다. 망치는 소파 위로 뛰어 올라가 몸을 도넛처럼 말았다. 무슨 잘못을 한 건지 아무것도 모른다는 듯이. 나도 모르게 한숨이 나왔다. 집에서 강아지를 기른다는 거, 생각보다 힘든 일이구나.

오랜만에 목욕을 했다. 온몸에서 기분 나쁜 냄새가 났다. 당연하다. 땀을 뻘뻘 흘려 가면서 뛰고, 철창에 부딪치고 바다에 빠지기도 했으니까. 난방 기름이 언제 떨어질까 조마조마했는데 다행히 목욕물을 데울 만큼은 있었나 보다. 잠이 들 때까지 욕탕에 앉아 있다가 엄마 회사에서 만든 천연 비누를 써서 몸을 씻었다.

목욕을 끝내니, 목이 말랐다. 가방을 뒤져도 음료수 병이 없다. 아차, 그걸 누나 집에 두고 왔다. 어쩔 수 없이 냉장고를 열어 생수 병을 꺼냈다. 병에 입을 대고 꿀꺽꿀꺽. 캬아, 한 번에 다 비웠다.

이젠 어쩌지?

망치가 낑낑대며 내 다리에 온몸을 비빈다. 산책을 하고 싶나 보다. 아니면 또 바닥에 오줌을 싸겠지. 점퍼를 입으니 주머니에 묵직한 게 느껴졌다. 만능 칼이다. 누군가가 내게 보낸 비밀 선물. 작은 칼을 끄집어냈다. 냉장고에 붙어 있는 포스트잇을 떼어 냈다. 엄마가 보름 후에 꼭 돌아오겠다는 메모다. 그걸 스윽 그어 보니 반으로 잘린다. 포스트잇을 구겨서 쓰레기통에 버렸다. 칼을 눈앞에 바짝 가까이 대 본다. 좋은 생각이 떠올랐다.

'무슨 생각을 하는 거야? 장난은 그만둬.'

착한 내가 말했다.

'오호, 대범한데? 그럴 용기가 있겠어? 우물쭈물하지 마. 시간이 없어.'

나쁜 내가 말했다.

순식간이었다. 칼로 손등을 그은 건. 머뭇거릴수록 용기가 사라진다는 걸 이젠 알고 있다. 하지만 너무 성급했나 보다. 살짝 그어보려고만 했는데 생각보다 깊이 칼날이 피부 속으로 들어가 버렸다. 갈라진 피부 사이로 피가 솟아 나와 바닥으로 뚝뚝 떨어졌다. 나는 손등을 입에 대고 나의 피를 빨았다. 상처가 아려서 무슨 맛인지 제대로 느낄 수도 없었다. 비틀비틀 자리에서 일어나 침대로 풀썩 쓰러졌다.

이상하다. 피가 멈추지 않는다. 정신이 희미해지는데도 나는 입을 손등에서 떼지 않았다. 온몸에 힘이 스르륵 빠져나간다. 우힛, 우히히힛. 나도 모르게 웃음이 나왔다. 이번엔 성공이다. 진짜 성공이야.

*

알람도 울리지 않았는데 눈이 스르르 떠졌다. 도대체 몇 시지? 불을 꺼 놓으면 깜깜해서 알 수가 없다. 기억은 나지 않지만, 아주

긴 악몽을 꾼 것 같다.

문을 두드리는 소리가 난다. 나는 침대에서 벌떡 일어났다.

"영수야, 엄마하고 이야기 좀 해. 얼른. 워크숍에 늦는단 말이야. 문 좀 열어 봐."

엄마다, 엄마! 잠깐, 그런데 지금이 도대체 몇 월 며칠이지? 무슨 요일이지? 몇 시인 거지? 정신 차려! 나는 내 뺨을 때렸다. 머리가 휙 돌아간다. 무지 아프다.

"하고 싶은 이야기가 있으면 해 봐. 바보같이 숨지 말고."

엄마가 말했다. 이상한 기분이 들었다. 예전에도 이런 일이 있었던 것 같은데. 휴대폰을 꺼내 날짜와 시간을 확인했다. 11월 17일 일요일. 오전 열한 시 반. 11월이라고? 크리스마스는 이미 지나지 않았나?

"나도 바쁘니까 다른 말 하지 않을게. 마지막으로 말한다. 문 열어. 아니면 나 간다."

나는 자리에서 일어났다. 어지러워 넘어질 뻔했다. 손잡이를 잡았다. 엄마도 맞은편에서 손잡이를 잡고 있는 걸까? 손잡이를 통해 온기가 전해졌다. 내 마음속에서 누군가 말을 걸어야 할 타이밍인데 조용하다. 착한 나도, 나쁜 나도 어디로 숨어 버린 것 같다. 침을 꿀꺽 삼켰다. 입에서 비릿한 피 냄새가 난다. 나는 천천히 손잡이를 돌렸다. 딸깍, 하고 잠금장치가 자동으로 풀렸다.

엄마가 한 발짝 뒤로 물러섰다. 한 번도 본 적 없는 짙은 회색 코트를 입고서. 나도 모르게 엄마를 꼭 안았다. 익숙한 엄마 냄새가 났다. 아무리 화장품과 향수를 많이 발랐어도 엄마 냄새는 숨길 수가 없다. 이 냄새가 얼마나 그리웠는지.

"왜 이래 영수야? 이제 가야 해. 택시를 불러 놨다고."

"안 돼 엄마. 가지 마. 못 가. 절대로."

이런 말이 내 입에서 튀어나올 줄은 몰랐다. 마음속에서 떠올렸던 말들은 죄다 부끄러운 것들뿐이어서 속에만 꾹꾹 담아 두었는데. 이상하게도 그것들이 와르르 튀어나와 버렸다.

"엄마, 멋진 아파트는 필요 없어. 엄마하고 이렇게 지하에서 살아도 좋아. 열심히 공부할게. 좋은 대학에 가서 장학금도 받고 졸업해서 대기업에 취직할 거니까 엄마는 돈을 엄청 많이 벌 필요가 없다고. 그냥 회사를 그만두면 안 될까?"

엄마는 몸을 비틀지만 나는 절대로 놔 줄 생각이 없다. 이대로 엄마를 놓아 주면 나쁜 일이 생길 것 같다. 영원히 못 볼 것만 같다.

"갑자기 왜 이러는 거야, 너답지 않게?"

엄마가 버럭, 소리를 질렀다. 나도 모르게 몸을 움찔했다.

"뭐가 나다운 건데? 엄마 말이라면 무엇이든 믿어 주는 거?"

"보름 후면 오겠다고 했잖아. 왜 엄마 말을 못 믿어? 식탁 위에 필요한 돈은 놔뒀어. 삼촌이 돌봐 주러 올 거야. 둘 다 어린애들처럼 다투지 말고 사이좋게 잘 지내."

엄마는 검은색 구두를 신었다. 나는 현관으로 달려갔다.

"엄마, 정확히 어디로 가는지 말해 줄 수 없어?"

엄마는 현관문에서 손을 떼어 내고 나를 바라본다. 그리고 두 손으로 살포시 내 어깨를 붙잡았다.

"우리 영수, 다 큰 줄 알았는데 아직 어린애네. 이번 일만 잘되면 지긋지긋한 지하 생활을 벗어나 정원이 딸린 전원주택으로 이사할 거니까 기대해. 정원에서 커다란 레트리버도 기르게 해 줄게."

나는 머릿속으로 엄마가 말해준 미래를 떠올려 보려고 애썼지만, 정원에서 레트리버가 뛰어노는 장면은 도무지 상상을 할 수가 없다.

"그래도 위치는 알려 줘. 혹시, 제주도에 가는 거야?"

"어떻게 알았어?"

"엄마가 말해 줬잖아. 비행기 탄다며?"

나도 어떻게 그걸 아는지 모르겠다.

"그래? 흐음, 극비 사항이라 내가 어길 리가 없는데……. 정신이 좀 없었나 보다."

"워크숍이 끝나면 바로 올 거지? 다른 데로 새지 않고."

"당연하지. 보름이나 집을 비우는데 어떻게 다른 데로 가니? 우리 강아지가 목을 빼놓고 기다릴 텐데."

엄마는 내 얼굴을 쓰다듬는다. 따뜻하고 부드러운 촉감. 모든 게 엄마의 말대로 다 잘될 거라는 기분이 들었다. 그때 현관문이 열렸다. 망치가 후다다닥 달려와 내게 꼬리를 세차게 흔들었다.

내 손을 핥고, 껑충껑충 뛴다. 이 개는 아무나 이렇게 좋아하는 건가?

"밖에 서 있는 택시는 뭐꼬? 내가 보내 뿌쓰니 다 치아라. 니, 내가 그렇게 말렸는데도 진짜로 갈라고? 이쯤에서 그만두지 않으면 큰일 난다. 이 동네 철거가 눈앞인 것도 모르나? 가지 마라. 영수 니는 뭐 하노? 엄마 짐가방 안으로 갖다 놔라."

삼촌은 문을 닫고 자물쇠를 걸었다. 그리고 문 앞에서 떡 버티고 섰다. 엄마는 이러지도 저러지도 못한 채 그와 나를 번갈아 본다. 나는 엄마의 슈트 케이스를 거실로 밀어 넣었다. 꽤나 무거워서 거실 턱에 걸려 쓰러져 버렸다. 옷가지가 와르르 바닥에 쏟아졌다.

"에취!"

엄마가 재채기를 한다. 크게 한 번, 또 한 번.

"알았어, 알았다고. 일단 개부터 좀 치워 줘. 나 개털 알레르기가 있다고. 빨리 밖으로 보내."

그는 망치의 목줄을 바짝 끌어당기고 현관문의 자물쇠를 풀었다.

"아무리 생각해 봐도 니가 거기 가는 거 불안하다. 그냥 회사를 그만두면 어떻노? 지하 맨션이 지긋지긋하면 허름한 빌라라도 얻어 줄게. 니하고 나 그리고 영수 셋이서 함께 가족처럼 살면 된다 아이가. 영수야, 니도 나하고 사이좋게 지낼 수 있제. 맞제?"

나는 재빨리 고개를 끄덕였다. 엄마는 나와 삼촌을 번갈아 보며 눈을 흘겼다.

"가족이라면 이럴 때 도움을 주지는 못할망정 방해는 하지 말아야지!"

엄마는 문을 미치고 밖으로 빠져나갔다. 그러더니 문을 밀치고 밖으로 빠져나갔다. 쾅, 하고 현관문이 벽에 부딪쳤다.

"야! 이리 안 오나?"

삼촌이 고함을 치며 뛰쳐나간다. 나도 밖으로 뛰쳐나갔지만 으악, 비명을 지르며 계단에 주저앉아 버렸다. 햇빛이 바늘이라도 되는 것처럼 눈을 쑥쑥 찔러 대는 것만 같았다. 두 손으로 눈을 가렸는데도 고통은 사라지지 않았다. 으악, 으아아아악…… 눈물이 줄줄 흘렀다. 목이 쉬도록 고함을 내질렀다. 엉금엉금 기어서 집으로 들어가 겨우 문을 닫았다.

그제야 알게 되었다. 지금은 현재가 아니라 과거다. 내가 그토록 돌아가고 싶던 과거. 수십 번이고, 수백 번이고 되새겨 본 과거. 내 피를 마셨더니 나의 기억 속으로 들어온 것이다. 진짜 나는 지금 뭘 하고 있을까? 피를 질질 흘리며 침대에 누워 있는 걸까? 아니면…… 죽은 걸까?

널브러진 엄마의 옷가지 사이로 태블릿이 삐죽 튀어나와 있는 게 보였다. 회사에서 지급된 건데 소파에서 늘 저걸 들고 있었다. 커버를 펼치니 비밀번호 여섯 자리를 입력하란다. 123456. 당연히 실패. 이번에는 내 생년월일을 입력해 본다. 맞다! 스르르 화면이 켜졌다.

홈 화면의 앱은 단출하다. 아래쪽에 붙은 기본 앱 중에 메일함이 보인다. 빨간 숫자로 4가 켜져 있다. 그걸 열어서 휘리릭 메일을 살펴본다. 첫 페이지 맨 아래쪽에 '워크숍 안내문'이 보인다. 터치, 터치. 왜 작동을 하지 않느냐고! 손가락을 바지에 슥슥 문지르고 다시 터치.

행사 날짜는 오늘, 공항에서 오후 네 시에 집합 후 분과별로 이동. 준비물은 개인 위생 도구 및 운동복, 잠옷. 부득이한 상황으로 공항에 제시간에 도착하지 못할 시엔 다음 주소로 직접 찾아와야 함. 제주시 조천읍 교래리 산 ***번지. 나는 주소를 중얼거리기 시작했다. 머리가 아무리 나빠도 이건 반드시 외워야 한다.

문이 활짝 열렸다. 나는 엉거주춤 뒤로 물러섰다. 엄마다. 머리가 헝클어진 채로 숨을 고르고 있다. 내 손에 들린 태블릿을 휙, 낚아챘다. 나는 여전히 주소를 중얼중얼.

"아무튼 남자들이란 인생에 도움이 안 돼."

나는 엄마의 팔을 붙잡았다.

"잠시만. 엄마 회사의 부사장, 누구야? 혹시 내가 알고 있는 사람이야?"

엄마는 고개를 갸웃거린다.

"우리 다 같이 만난 적도 있잖아. 기억 못 해?"

나는 대답을 못 하고 머뭇거린다. 전혀 기억나지 않는다.

"이제 엄마는 가야 해. 이 기회를 놓치면 영영 후회할 거야. 꼭 돌아올게."

엄마는 새끼손가락을 거는 시늉을 한다. 마지못해 나도 새끼손가락을 걸었다. 그 약속은 지켜지지 않을 게 뻔한데도. 하지만 엄마도 약속을 지키려고 최선을 다했을 거다. 엄마도 어떻게 하지 못하는 사정이 있을 거다. 그건 앞으로 내가 알아내야겠지.

"엄마, 하고 싶은 말이 있어. 나는 앞으로 무슨 일이 일어날지 알고 있어."

엄마가 사라지면 집에 처박힌 채로 못 나갈 거야. 보름이 지나도 엄마는 돌아오지 않을 테고. 회사는 문을 닫아 버려. 배가 고파서 크리스마스이브에 밖으로 나갔다가 뱀파이어에게 물린다고. 그리고…… 우주 소녀가 나를 찾아와. 아이돌에 빠져 있고 외계인 친구가 있는 누나야…….

하고 싶은 이야기가 엄청 많아서 밤을 새워도 모자랄 판이다. 엄마가 얼마만큼 믿어 줄지 모르겠다. 하지만 내가 입을 열기도 전에 엄마는 사라져 버렸다. 나와 슈트 케이스를 버려둔 채로.

널브러진 옷 사이에서 선글라스 하나를 발견했다. 얼굴을 뒤덮을 만큼 커다랗고 새까만 알에 황금색 장식이 되어 있다. 나는 문을 빼꼼히 열어 본다. 또각또각, 엄마의 구둣소리가 멀어진다. 문틈으로 몸을 빼서 계단으로 나갔다. 선글라스 때문에 눈앞이 컴

컴해서 견딜 만하다. 엄마의 소리가 더 이상 나지 않자 마음이 급해졌다. 계단을 두 개씩, 세 개씩 올랐다.

마침내 우주맨션의 입구에 다다랐다. 눈에 빛이 들어오지 않지만 햇볕이 온몸을 비추고 있다는 걸 금방 알아차렸다. 사우나에 들어온 것도 아닌데 땀이 뻘뻘 흘렀다. 찬물을 뒤집어쓰고 싶은데, 나도 모르게 무릎이 꺾여 바닥에 쓰러져 버렸다. 선글라스가 얼굴에서 벗겨졌다. 눈을 감아도 눈앞이 하얗게 변하는 건 막을 수가 없다.

이를 꽉 물고 비명을 지르지 않았다. 그랬다간 좀 전에 외워 두었던 주소를 잊어 버릴 것만 같아서. 이딴 고통, 다 가짜라는 거 알고 있다. 하지만 왜 이렇게 끝나지 않는 걸까? 왜 사라지기는커녕 점점 더 아픈 걸까? 나는 두 눈을 부릅뜨고 엄마가 사라지는 모습을 지켜보았다. 엄마는 인형만큼 작아지고 구슬만큼 작아져서, 마침내 점이 되었다. 엄마가 완전히 사라지자 세상이 갑자기 어두워졌다. 내가 경험한 그 어느 밤보다 더 어두웠다.

28

눈을 떴는데도 앞이 깜깜하다. 죽은 건가? 아니다. 식은땀 때문에 온몸이 축축하다. 여긴 내 침대가 틀림없다. 베개에서 꿉꿉한 냄새가 나는 것만 봐도 알 수 있다. 꿈을 꿨나? 아니다. 나는 과거로 돌아갔다. 그리고 다시 현재로 돌아왔다.

침대맡의 스탠드를 켰다. 딸깍, 하고 스위치 소리가 났지만 주변이 밝아지지 않았다. 침대에서 내려와 벽을 더듬거려 스위치를 켰다. 하지만 불이 켜지지 않는다.

주소가 기억났다. 엄마가 사라진 장소. 소리를 내서 중얼거려 본다. 다행히 번지까지 아직 기억한다. 휴대폰이 어디 있지? 침대 옆을 더듬거려 봐도 없다. 책상에도, 바닥에도. 그때 방구석에서 희미한 빛이 깜빡였다. 흰색에서 푸른색으로 서서히 변했다. 현지누나가 사 줬던 응원봉이다. 이게 왜 저절로 켜지는 거지? 블루투

스가 연결되어 있어서 원격 조종이 가능하다고는 했지만 여긴 콘서트장도 아니잖아.

그걸 집어 들고 휙휙 방 안을 둘러보니 베개맡에 휴대폰이 보였다. 지도 앱을 실행해 주소를 입력한 뒤 위치를 정확하게 찾아냈다. 위성 지도로 살펴보니 숲속 한가운데에 건물이 하나 보인다. 즐겨찾기 추가. 역시 믿을 건 휴대폰뿐이구나.

피아노 소리가 났다. 뭐지? 거실에서 들리는 것 같은데. 꽤 익숙한 클래식 선율이다. 현지 누나가 자장가로 쳐 준 거다. 이상한 건 피아노 실력이 예전보다 형편없다는 점이다. 중간에 멜로디도 틀리고 연주가 멈추기도 했다. 나는 방문을 열었다. 응원봉을 한 손에 든 채로.

"한밤중에 남의 집에서 뭐 하는 거예요? 어떻게 우리 집에 들어왔어요? 또 와이파이가 필요해요?"

으르렁, 하고 망치가 짖었다. 피아노 소리가 멈췄다.

"우리 집이니까 당연히 열쇠로 열고 들어왔지."

목소리가 현지 누나와 달리 조금 높고, 콧소리가 섞여 있다. 응원봉을 앞으로 갖다 대 보지만 몸의 윤곽만 조금 드러날 뿐, 얼굴이 보이지 않는다.

"누구야? 남의 집에 함부로 쳐들어와서는! 겨, 경찰을 부를 거야!"

"칫, 너보다 오랫동안 이곳에 살았어. 비상 열쇠가 어디에 있는

지도 모르는구나."

아직도 잠이 덜 깬 건가? 머리가 먹먹해서 잘 돌아가지 않는다. 새벽에 남의 집에 무단으로 침입한 사람이 여기가 자기 집이었다고 주장한다. 마치 나를 잘 알고 있는 것처럼 말한다.

응원봉을 앞으로 더 내밀었다. 몸에 착, 달라붙는 유니폼을 입었다. 무릎 아래까지 오는 부츠를 신었다. 노란색으로 염색을 한 긴 머리가 찰랑거렸다. 콘서트 무대에서 막 내려온 것 같은 이 차림은⋯⋯.

"혹시, 마리안느의 마지막 멤버?"

밖에서 쾅, 하고 천둥이 쳤다. 소리가 워낙 커서 건물 전체가 흔들렸다.

"맞아. 너를 구해 주러 왔지."

내 앞에 서 있는 사람이 말했다. 목 뒷부분이 쭈뼛거리고 팔에서 소름이 돋아났다.

"그럼, 그쪽은 혜수 누나예요?"

"그렇게 불린 적도 있어. 이름은 내 마음대로 바꿀 수 있으니까."

옥상에서 떨어졌다던 사람이 이렇게 내 앞에 서 있다. 머리를 세차게 흔들어 봐도 사라지지 않았다. 누나는 피아노 의자에서 일어났다. 한쪽 손에 악보집 하나가 들려 있다.

"이거 원래 내 거야. 현지가 표시해 준 손가락 번호가 없는 악보로는 연습이 잘 안 되더라고. 그리고⋯⋯."

누나는 자기 팔을 내밀어 소매를 걷어 올렸다. 뭐가 있는지 확인도 하기 전에 스르르 다시 내렸다.

"너무 깊게 상처를 냈잖아. 참을 수 있을 정도보다 약간 더 아플 정도에서 멈춰야지. 소독을 하고 붕대를 감아 놨으니 괜찮을 거야."

내 손에 하얀 붕대가 감겨 있는 걸 이제야 알았다. 방금 전까지 괜찮았는데 이제야 욱신거린다.

"무슨 생각하는 거예요? 이거 다 이유가 있어서 그런 거라고요."

혜수 누나는 피아노 건반을 딱, 딱, 딱 일정한 박자로 누른다. 고음 부분의 시 아래쪽 까만 음계. 기분이 으스스해질 무렵 소리가 멈췄다.

"무슨 이유?"

나는 대답 대신 질문을 했다.

"누나는 도대체 정체가 뭔데요?"

"나는 네가 상상하는 바로 그거야. 그럼 너 자신은 뭐라고 생각하는데?"

나? 나는 뭘까. 누나는 듣지 않아도 다 안다는 듯 고개를 까딱, 끄덕였다. 그리고 조심스럽게 피아노 뚜껑을 닫았다.

"나는 아, 아무것도 아녜요!"

"맞아. 너무 진지하게 생각할 필요 없어. 자신이 누구인지 생각하지 않아야, 무엇이든 될 수 있거든. 무슨 말인지 알겠니?"

모른다. 아니, 조금 알 것도 같다. 나는 남들이 진짜라고 말하는 것들만 진짜라고 여겼다. 자신만의 생각은, 성적이 좋거나 부잣집 아이만 가질 수 있는 걸로만 알았던 것이다. 하지만 이 누나는 그런 생각조차 멈추라고 한다.

누나는 나를 보고 빙긋 웃더니 자리에서 일어났다. 얼굴 주변에서 은은한 빛이 빛나더니 사라졌다.

"참, 이거 피아노 악보대 틈에 끼어 있더라?"

누나는 작은 종잇조각을 내민다. 한가운데 'K'라고 적힌 명함이다. 아래에 전화번호도 적혀 있다.

나는 명함을 만져 본다. 서걱거리는 종이의 촉감이 느껴진다. 계속 명함을 만지고 있어도 사라지지 않는다. 이제야 확신이 든다. 내가 겪었던 일은 진짜다. 상상 속에서든 꿈속에서든 아니면 그 어딘가에서든, 모두 진짜로 일어난 일이다. 이 누나가 외계인이 아니라는 이유를 찾을 수 없듯, 내가 뱀파이어가 아닌 이유가 어디 있는가? 나는 지금까지 계속 내가 누구인지 의심하면서 살아왔던 것이다. 뱀파이어가 되기 전이든, 후든.

"고마워요."

K에게 전화를 걸어 도와 달라고 해야겠다. 나도 사라진 사람들을 찾고 싶다고 해야지. 그의 조수로 일해야 할지도 모른다. 내가 도와줘야 그도 나를 도와줄 거라고 했으니까.

쿵, 쿵, 쿵, 쿵 드럼 소리가 들린다. 콘서트홀에서 들었던 것과 비슷한 전자 드럼 소리다. 박자에 따라 달그락달그락, 집 안의 물건이 진동한다. 컵, 냄비, 벽에 걸린 액자. 도대체 우주맨션에 무슨 일이 벌어지고 있는 거지?

"자, 나도 이제 그만 가 봐야겠네. 동료들이 기다리거든. 만나서 반가웠어."

누나가 거실을 빠져나간다.

"저기요!"

"응?"

"우리를 구해 주러 왔다면서요? 그냥 가는 법이 어디 있어요? 현지 누나가 얼마나 찾았는지 알아요?"

유니폼의 형광빛 줄무늬가 숨을 쉬는 것처럼 은은하게 빛을 낸다.

"이 동네엔 탑승 희망자가 꽤 많아. 너도 원한다면 우주선에 태워 줄게. 정말 우리 별로 함께 가고 싶은 거니?"

나는 대답을 하지 못했다. 오늘 저녁까지만 해도 다른 별로 가고 싶었는데, 잠에서 깨어난 나는 조금 달라진 것 같다.

"거봐. 너는 아직 여기서 살고 싶은 거잖아."

혜수 누나는 현관문을 열더니 뭔가 잊어버린 게 생각이라도 난 듯 잠시 멈췄다. 그리고 나를 향해 고개를 돌렸다.

"현지에게 전해 줘, 자신만의 멜로디를 만들어 달라고. 그래야 제대로 된 구조 요청을 할 수 있을 테니까. 후훗.”

문이 닫히고 혜수 누나는 사라졌다. 나도 누나를 따라 밖으로 나갔다. 다행히 한밤중. 계단을 뛰어올라 맨션 입구에 도착했다. 누나는 어디로 사라졌는지 보이지 않았다. 소리라도 나야 할 텐데 감쪽같이 증발해 버렸다.

“할머니, 나도 같이 가!”

옥상에서 현지 누나의 목소리가 들렸다. 울면서 애타게 소리를 지른다. 나는 계단을 뛰어올라 갔다. 처음에는 하나씩, 나중에는 두 개, 세 개씩, 마지막에는 중간 복도에서 끝까지 한꺼번에 열댓 개를 꺼엉충. 그딴 건 마음을 먹으니 하나도 힘들지 않았다. 내가 아끼는 사람들을 위해서라면, 무엇이든 할 수 있다.

꼭대기 층에 다다랐다. 옥상으로 향하는 문 앞에서 호흡을 가다듬었다. 착한 나와 나쁜 나는 쥐 죽은 듯이 조용하다. 심장이 벌렁거려 터질 것만 같다. 웃기다. 뱀파이어가 된 후에야 진짜로 살아 있는 것 같은 기분이 들다니.

나는 숨을 깊게 들이쉬고 문을 힘껏 열었다.

　우주맨션은 부산 앞바다가 훤히 내려다보이는 가파른 언덕 위
에 있다. 우리는 그 옆에 있는 이층집에서 살았다. 형과 나는 우
주맨션의 놀이터에서 중학교 시절의 여름 방학을 보냈다. 경사
때문에 땅으로 움푹 들어간 길쭉한 공간이 있었는데, 그늘인 데
다가 공이 빠져나갈 수 없어서 야구공을 주고받기에 안성맞춤이
었다.

　부모님은 그 집에 삼십 년 넘도록 지내다 올 여름에 이사를 했
다. 풍문으로 돌던 재개발이 실제로 진행된 것이다. 짐 챙기는 것
을 도와드렸는데 나의 어릴 적 일기장, 상장, 시와 글짓기 액자 같
은 걸 하나도 버리지 않고 보관하고 계셨다. 그걸 다 버리려 하니
어머니가 서운해하셨다.

　"우리 아들은 어릴 적에 공부를 참 잘했는데."

옛 동네가 사라질 거라는 소식을 들었을 때 그곳에 대한 소설을 쓰고 싶어졌다. 우주맨션 지하에 뱀파이어가 살고 있다면? 외계인이 자신의 동료를 구하러 우리 동네에 나타난다면 어떨까. 오래 전부터 심심할 때마다 머릿속에서 빙글빙글 굴려 봤던 이야기다. 우주맨션에서 공을 던지면서, 학교에서 텅 빈 운동장을 바라보면서, 옥상에서 부산항대교의 반짝거리는 불빛을 보면서.

거대 변신 로봇을 만드는 과학자가 되고 싶었는데 소설가가 되었다. 피아노를 잘 치고 싶었는데 이상한 전자 음악을 만들고 있다. 혼자 살 줄 알았는데 문어를 잡아 주는 아내와 커다란 개 세 마리와 함께 살고 있다. 어머니가 모아 둔 학업 우수상이나 개근상이 지금의 나를 만드는 데 얼마만큼 도움을 줬는지 모르겠다.

노력하면 무엇이든 될 수 있다고들 하지만 도무지 내가 무얼 원하는지 모르겠고, 노력하면 진짜로 될 수 있는지도 의심스러웠던 시절. 어둠 속에서 피를 마시며 살더라도 초능력을 갖고 싶었던 시절. 언젠가 나의 종족들이 우주선을 타고 와서 나를 구조해 줄 거라고 생각했던 시절. 그 시절을 잊지 않기 위해 이 소설을 썼는지도 모른다. 쉽지 않은 시절을 보내고 있는 사람들, 혹은 이미 보냈던 사람들이 이 소설을 읽으면 좋겠다. 우리는 주파수를 맞춰 공명할 수 있겠지. 힘을 모아 구조 신호를 우주에 보낼 수도 있겠지. 어쩌면 마리안느의 마지막 멤버가 될 수 있을지도 모른다.

뱀파이어와 외계인이 등장한다는 몇 줄짜리 황당한 아이디어에도 흔쾌히 오랜 시간 기다려 준 창비 청소년출판부에게 감사드린다. 구본슬 편집자가 아니었다면 나의 첫 청소년소설이 조금 이상한 방향으로 흘러갔을 것이다.

ps.

상장은 기념으로 몇 장 챙겼다. 부모님은 원래 집과 가까운 곳에, 부산항이 시원하게 보이는 아파트로 이사했다. 우주맨션은 진짜로 있는 맨션의 이름은 아니다. 나에 대해 조금 더 알고 싶다면 홈페이지 3nightsonly.com에 접속하면 된다.

2021년 가을
서진

창비청소년문학 105
마리안느의 마지막 멤버

초판 1쇄 발행 | 2021년 9월 17일

지은이 | 서진
펴낸이 | 강일우
책임편집 | 구본슬 정편집실
조판 | 신혜원
펴낸곳 | (주)창비
등록 | 1986년 8월 5일 제85호
주소 | 10881 경기도 파주시 회동길 184
전화 | 031-955-3333
팩시밀리 | 영업 031-955-3399 편집 031-955-3400
홈페이지 | www.changbi.com
전자우편 | ya@changbi.com